HEYNE CRIME CLASSIC

Vom gleichen Autor erschienen außerdem
als Heyne-Taschenbücher:

Mordakte Benson · Band 1450
Mordakte Bischof · Band 1468
Mordakte Drachensee · Band 1491
Mordakte Kanarienvogel · Band 1515

S. S. VAN DINE

MORDAKTE SKARABÄUS

Ein klassischer Kriminalroman

Deutsche Erstveröffentlichung

WILHELM HEYNE VERLAG
MÜNCHEN

HEYNE-BUCH Nr. 1564
im Wilhelm Heyne Verlag, München

Titel der amerikanischen Originalausgabe:
THE SCARAB MURDER CASE
Deutsche Übersetzung von Leni Sobez

Herausgegeben von Egon Flörchinger

Copyright © 1929 by Charles Scribner & Sons, New York
Copyright © 1973 der deutschen Übersetzung
by Wilhelm Heyne Verlag, München
Printed in Germany 1973
Umschlaggestaltung: Atelier Heinrichs, München
Gesamtherstellung: Zettler, Schwabmünchen

ISBN 3-453-10153-7

1

Freitag, 13. Juli, 11 Uhr vormittags

In den Mordfall Skarabäus wurde Philo Vance aus reinem Zufall eingeschaltet, obwohl nicht daran zu zweifeln ist, daß New Yorks Distriktsanwalt F. X. Markham sich früher oder später doch seiner Hilfe versichert hätte. Aber selbst für Vance und seinen analytischen Geist wäre eine Klärung dieses erstaunlichen Mordfalles sehr viel schwieriger gewesen, hätte er nicht die Möglichkeit gehabt, als erster am Schauplatz zu erscheinen; so gelang es ihm, mit dem Finger auf den Schuldigen zu zeigen, denn seinem scharfen Auge entging niemals die scheinbar nebensächlichste und unbedeutendste Sache.

Dieser brutale Mord an dem alten Philanthropen und Mäzen Benjamin H. Kyle wurde sofort als Mordfall Skarabäus bekannt; Schauplatz des Verbrechens war das Privatmuseum des berühmten Ägyptologen, und neben der verstümmelten Leiche des Opfers fand man einen ganz seltenen blauen Skarabäus.

Vom Standpunkt der Polizei aus war dieser Skarabäus nur irgendein Beweismittel, das offensichtlich auf seinen Besitzer hindeutete, aber Vance war da anderer Ansicht.

»Mörder«, erklärte er Sergeant Ernest Heath, »unterlassen es in der Regel, ihre Visitenkarte in die Hemdtasche des Opfers zu stecken. Die Entdeckung dieses Käfers aus Lapislazuli ist vom psychologischen Standpunkt aus und aus Beweisgründen sehr wichtig, aber man darf nicht allzu optimistisch sofort die kühnsten Schlüsse ziehen. Die wichtigste Frage in diesem pseudomystischen Mordfall ist die, warum und wie der Mörder dieses archäologische Wertstück neben der Leiche zurückgelassen hat. Finden wir erst den Grund für diese Handlung, dann haben wir auch schon das Geheimnis selbst enthüllt.«

Der Sergeant hatte dazu nur geschnieft und Vances Skeptizismus belächelt; ehe jedoch noch ein weiterer Tag vergangen war, gab er großmütig zu, daß Vance recht gehabt habe und der Mordfall doch nicht ganz so einfach liege, wie es anfangs geschienen habe.

Wie ich schon sagte, es war reiner Zufall, daß Vance vor der Polizei am Schauplatz war. Einer seiner Bekannten hatte die Leiche des alten Mr. Kyle entdeckt und war mit der grausigen Nachricht sofort zu ihm gekommen.

Es war der Morgen des 13. Juli, ein Freitag. Vance hatte eben sein Frühstück beendet und war vom Dachgarten in die Bibliothek zurückgekehrt, als Currie, sein Diener, ihm einen Besuch meldete.

»Mr. Donald Scarlett ist eben angekommen, Sir. Er ist ganz aufgelöst und bittet, daß Sie ihn sofort empfangen. Sir, ich habe mir die Freiheit genommen, ihm einen Whisky zur Beruhigung vorzusetzen, da ich weiß, daß er dafür eine Schwäche hat.«

»Ah, natürlich. So. Aufgeregt ist er. Currie, wenn er sich wieder beruhigt hat, führen Sie ihn herein.«

»Scarlett kennst du doch, nicht wahr, Van?« fragte mich Vance, als Currie gegangen war. Ich hatte ihn ein paarmal gesehen, aber selten an ihn gedacht, doch ich wußte, daß Vance ihn aus seiner Studienzeit in Oxford kannte, und später hatte er ihn während eines längeren Aufenthaltes in Ägypten getroffen.

Scarlett hatte Ägyptologie und Archäologie studiert, später auch noch Chemie. Sogar als Fotograf hatte er sich ausbilden lassen. Er war ziemlich wohlhabend, und Ägyptologie war sein Steckenpferd.

Vor kurzem war Scarlett nach Amerika gekommen, um bei Dr. Mindrum W. C. Bliss, dem berühmten Ägyptologen, zu arbeiten, der in seinem Haus am Gramercy Park ein privates Museum unterhielt. Er hatte Vance ein paarmal besucht, jedoch nur dann, wenn er eingeladen wurde; in dieser Beziehung war er ein typischer Engländer.

»Scarlett ist ein kluger Bursche«, überlegte Vance laut. »Aber daß er so aufgeregt ist und zu einer so ungewöhnlichen Stunde hereinplatzt...«

Die Ankündigung von Scarletts Besuch hatte mich an die mit mühsamen Arbeiten ausgefüllten Wochen erinnert, in denen ich die Ergebnisse von Vances letzter Expedition getippt und ausgewertet hatte. Deshalb hatte ich vielleicht das vage Gefühl, dieser überraschende Besuch könne mit Vances ägyptologischen Forschungen zusammenhängen.

Aber ganz gewiß hatte ich nicht die geringste Ahnung dessen, was dann tatsächlich über uns hereinbrach; dafür war die Sache viel zu bizarr. Wir wurden aus unserer täglichen Routine völlig herausgerissen und in eine dumpfe, giftige Atmosphäre gestürzt. Die Dinge erwiesen sich als so unglaublich und entsetzlich, als entstammten sie der schwarzen Magie eines Hexensabbats. Den Hintergrund gab aber das mystische, fantastische alte Ägypten mit seinen tierköpfigen Göttern und seiner wirren, morbiden Mythologie ab.

Als Currie die Schiebetür geöffnet hatte, schoß Scarlett geradezu ins Zimmer. Entweder hatte der Whisky so stark gewirkt, oder Currie hatte die Nervosität des Besuchers unterschätzt.

»Kyle ist ermordet worden!« platzte er heraus, lehnte sich an den Bibliothekstisch und starrte Vance entgeistert an.

»Aber nein! Das ist ja wirklich außerordentlich betrüblich!« antwortete Vance. »Scheußliche Sache, einen Menschen zu ermorden. Aber was soll man machen? Die menschliche Rasse ist eben so schrecklich blutrünstig.«

Diese außerordentliche Gelassenheit schien Scarlett einigermaßen zu beruhigen, denn er sank auf einen Stuhl und zündete sich, wenn auch mit noch zitternden Fingern, die angebotene Zigarette an.

»Woher weißt du, daß Kyle ermordet wurde?« fragte Vance, als die Zigarette endlich brannte.

»Ich sah ihn doch mit eingeschlagenem Kopf daliegen. Ein entsetzlicher Anblick!«

Ich konnte mir nicht helfen, aber ich hatte das Gefühl, der Mann nehme plötzlich eine defensive Haltung an.

Vance baute mit seinen langen Fingern ein Dach und lehnte sich behaglich zurück. »Mit eingeschlagenem Kopf? Womit eingeschlagen? Und wo lag er? Und wieso hast du die Leiche entdeckt? Scarlett, reiß dich zusammen und gib einen zusammenhängenden Bericht!«

Scarlett runzelte die Brauen und rauchte nervös. Er war etwa vierzig, groß und schlank, ein dinarischer Typ. Seine Stirn war gewölbt, sein Kinn gerundet und eine Spur fliehend. Er sah wie ein Gelehrter aus, war jedoch beileibe kein Bücherwurm, sondern wirkte körperlich kräftig und robust. Sein Gesicht war so dunkel gebräunt wie bei einem Mann, der viele Jahre in Sonne und Wind gelebt hat. In seinen flammenden Augen war eine Spur Fanatismus, und dieser Zug wurde von seinem Kahlkopf noch unterstrichen. Der allgemeine Eindruck, den er hinterließ, war der von Aufrichtigkeit und einer Ehrlichkeit ohne Umschweife, und besonders darin manifestierte sich, daß er ein Brite war.

»Recht hast du ja, Vance«, gab er zu, als er sich ein bißchen beruhigt hatte. »Du weißt ja, daß ich im Mai mit Dr. Bliss nach New

York kam und seither die technische Arbeit für ihn mache. Im übrigen arbeite ich in nächster Nähe des Museums, gerade um die Ecke, am Irving Place. Heute früh sollte ich nun einen Stoß Fotos klassifizieren und kam kurz vor halb zehn zum Museum.«

»Ist das deine übliche Zeit?« fragte Vance.

»Nein. Ich hatte mich heute ein wenig verspätet. Vergangene Nacht hatten wir am Finanzbericht der letzten Expedition gearbeitet.«

»Und dann?«

»Komisch«, fuhr Scarlett fort, »die Haustür stand ein Stückchen offen. Sonst mußte ich immer läuten. Und da ich Brush, den Butler, nicht unnötig herausklingeln wollte, ging ich in die Halle hinein. Die Stahltür zum Museum, die rechts von der Halle wegführt, ist fast nie abgesperrt. Ich öffnete sie. Als ich die Treppe zum Museum hinabgehen wollte, sah ich an der anderen Raumseite etwas liegen. Erst dachte ich, es sei vielleicht eine Mumienkiste. Gestern hatten wir einiges ausgepackt. Das Licht war nicht sehr gut, aber als sich meine Augen daran gewöhnt hatten, sah ich, daß es Kyle war. Er war zusammengekrümmt und hatte die Arme über den Kopf gestreckt. Erst dachte ich noch, er sei vielleicht ohnmächtig und ging die Treppe hinab.«

Er machte eine Pause und wischte sich mit dem Taschentuch den blanken Schädel ab.

»Vance, das war, bei Gott, ein scheußlicher Anblick! Mit einer von den gestern ausgepackten Statuen war er über den Kopf geschlagen worden, und sein Schädel muß wie eine Eierschale zerbrochen sein. Die Statue lag noch quer über seinem Kopf.«

»Hast du etwas angerührt?«

»Um Himmels willen, nein! Mir war furchtbar übel von dem entsetzlichen Anblick, und es konnte ja gar kein Zweifel daran bestehen, daß der arme Kerl tot war.«

»Und was hast du getan?«

»Ich rief nach Dr. Bliss. Er hat sein Arbeitszimmer oben an der kleinen Wendeltreppe an der Rückseite des Museums.«

»Und? Hat er geantwortet?«

»Nein. Da habe ich Angst bekommen, das muß ich zugeben. Es hätte mir ganz und gar nicht gefallen, wenn man mich neben einem Ermordeten gefunden hätte. Ich lief also zur Haustür zurück und dachte mir, ich könnte mich davonschleichen, als sei ich gar nicht dagewesen.«

»Ach? Und dann, als du auf der Straße standest, kamen dir Bedenken?« fragte Vance.

»Genau. Es erschien mir nicht fair, den armen Kerl so liegen zu lassen. Trotzdem wollte ich natürlich nicht hineingezogen werden. Und da bist du mir eingefallen. Von dir erhoffte ich mir einen guten Rat, und außerdem kennst du Dr. Bliss und das Haus. Ich war mir auch nicht ganz sicher, was ich hätte tun sollen. Schließlich bin ich ja fremd hier im Land.«

»Die amtliche Seite laß meine Sorge sein«, antwortete Vance. »Sie ist wirklich nicht so kompliziert. Man kann entweder die Polizei anrufen oder den Kopf aus dem Fenster strecken und schreien: ›Hilfe, Hilfe! Mord!‹ Oder man übersieht einfach die Leiche und wartet darauf, daß ein anderer sie entdeckt. Im Endeffekt ist es egal, was du tust, denn der Mörder kann in aller Ruhe sicher entkommen. Im vorliegenden Fall werde ich für eine kleine Variante sorgen und die Polizei anrufen.«

Das tat er, und einen Augenblick später sprach er mit dem Distriktsanwalt.

»Ich grüße dich, alter Freund. Scheußliches Wetter heute, was? Übrigens, Benjamin H. Kyle wurde mit üblen Machenschaften zu seinen Ahnen versammelt. Er liegt im Moment auf dem Boden des Bliss-Museums. Jemand hat ihm den Schädel eingeschlagen... Ja, ja, ziemlich tot, wie man mir berichtet. Bist du interessiert? Ich hielt es für einen unfreundlichen Akt, dich darüber in Unwissenheit zu lassen... Traurig, sehr traurig... Ich werde mich jetzt auf den Weg machen und mich an den Schauplatz des Verbrechens begeben... Keine Vorwürfe, mein Lieber! Wirklich, ich glaube, du solltest mitkommen... Gut, ich warte hier auf dich.« Er legte den Hörer auf.

»Da bleibt uns noch ein wenig Zeit für Erörterungen«, meinte er. »Hm. Du sagtest also, die Tür sei ein Stück offen gewesen. Und keiner hat sich gemeldet, als du riefst.«

Scarlett nickte. Er schien sich mit Vance nicht recht auszukennen.

»Wo waren denn die Hausangestellten? Konnten sie dich nicht gehört haben?«

»Unwahrscheinlich. Sie halten sich meistens auf der anderen Seite des Hauses auf. Höchstens Dr. Bliss könnte mich gehört haben, falls er sich in seinem Arbeitszimmer befand.«

»Du hättest ja läuten können«, sagte Vance.

Scarlett rutschte unruhig auf seinem Stuhl herum. »Sicher, aber verdammt noch mal, schließlich...«

»Ja, ja, ich weiß, und es ist ja auch natürlich. *Primafacie*-Beweis und so und automatischer Verdacht? Aber du hattest doch keinen Grund, den alten Kauz ins Jenseits zu befördern?«

»Du lieber Himmel, nein!« ächzte Scarlett und wurde aschfahl. »Er hat doch die Rechnungen bezahlt. Ohne ihn hätte ja das Museum gar nicht existieren können, von den Ausgrabungen gar nicht zu reden.«

»Ja, das weiß ich«, bestätigte Vance. »Das hat mir Bliss in Ägypten erzählt. Kyle ist doch auch Besitzer des Anwesens, in dem sich das Museum befindet?«

»Ja, ihm gehören beide Häuser. Bliss, seine Familie und der junge Salveter, Kyles Neffe, wohnen in dem einen, und das Museum befindet sich im zweiten Haus. Zwei Türen wurden durchgebrochen, und den Eingang des Museumshauses hat man dafür zugemauert. So ist es praktisch ein Anwesen.«

»Und wo hat Kyle gewohnt?«

»Im Sandsteinhaus neben dem Museum. Er hat sechs oder sieben Häuser in einer Reihe an dieser Straße.«

Vance ging zum Fenster und schaute hinaus. »Weißt du, wie Kyle zur Ägyptologie kam? Er hatte doch eigentlich eine Schwäche für Krankenhäuser und Bilder der Gainsborough-Schule. Sein Neffe Salveter hat ihn dann überredet, Bliss zu finanzieren. Der Bursche war einer von Bliss' Schülern, als dieser in Harvard Ägyptologie lehrte. Nach seiner Graduierung hatte er nichts zu tun, und da finanzierte der alte Kyle eine Expedition, damit der Junge beschäftigt war. Er hatte seinen Neffen sehr gern, der alte Kyle.«

»Und Salveter ist seit dieser Zeit bei Bliss?«

»Er wohnt sogar im gleichen Haus; er weicht ihm nicht mehr von der Seite, seit er vor drei Jahren zum erstenmal in Ägypten war. Bliss machte ihn zum Vizekurator des Museums. Er hat es auch verdient. Ein kluger Bursche, und er lebt und stirbt für die Ägyptologie.«

Vance läutete nach Currie. »Übrigens, wer vom Haushalt Bliss ist sonst noch dort?«

»Mrs. Bliss, die du ja kennst. Viel jünger als er und halbe Ägypterin. Dann Hani, ein Ägypter, den Bliss mitgebracht hat. Genauer gesagt, Mrs. Bliss brachte ihn mit. Hani war ein alter Diener von Meryts Vater... Ich meine natürlich Mrs. Bliss«, berichtigte er sich ein wenig verlegen. »Sie heißt Meryt-Amen, und in Ägypten spricht man die Leute nur mit dem Vornamen an.«

»Aha.« Vance lächelte. »Und welche Stellung nimmt dieser Hani ein?«

»Wenn du's genau wissen willst — eine ziemlich merkwürdige. Er stammt aus einer Fellachenfamilie und ist koptischer Christ oder so was. Er hat den alten Abercrombie, Meryts Vater, auf verschiedenen Forschungsreisen begleitet, und als der alte Abercrombie starb, war er für Meryt so etwas wie ein Pflegevater. Auf der Expedition dieses Frühjahrs hat er irgendwie die ägyptische Regierung vertreten. Im Museum ist er eine Art hochqualifizierter Hilfsarbeiter, denn von Ägyptologie versteht er eine Menge.«

»Hat er jetzt einen offiziellen ägyptischen Regierungsposten oder dergleichen?«

»Das weiß ich nicht. Wundern würde es mich ja nicht, wenn er ein bißchen für sein Vaterland spionieren würde. Das weiß man bei diesen Burschen nie ... Außer ihm sind noch zwei amerikanische Bedienstete da, Brush, der Butler und Dingle, die Köchin.«

In diesem Moment betrat Currie die Bibliothek. Vance wandte sich an ihn. »Hören Sie, Currie, ein sehr bekannter Mann wurde ermordet, und ich werde mich jetzt an den Schauplatz des Verbrechens begeben. Legen Sie einen dunkelgrauen Anzug und meinen Bangkok heraus und natürlich auch eine Krawatte in gedeckten Farben ... Und, Currie, zuerst noch den Amontillado.«

»Jawohl, Sir.« Currie blieb so gleichmütig, als sei ein Mord etwas ganz Alltägliches in seinem Leben.

»Hast du eine Ahnung, Scarlett, weshalb man Kyle aus dem Weg geräumt hat?« fragte Vance.

Scarlett zögerte fast unmerklich. »Das kann ich mir nicht vorstellen. Er war ein netter, großzügiger alter Herr, ein wenig pompös und ziemlich eitel, aber sonst sehr liebenswert. Von seinem Privatleben weiß ich allerdings nichts. Falls er Feinde gehabt hat ...«

»Aber ein Feind wäre ihm nicht heimlich ins Museum gefolgt, um sich an einem für ihn fremden Ort zu rächen, wo doch jeden Moment jemand hereinkommen konnte.«

Scarlett setzte sich unvermittelt mit steifem Rücken zurecht. »Du willst doch nicht etwa andeuten, daß jemand aus dem Haus ...«

Currie kam nun mit dem Sherry, und nachdem wir ein Gläschen getrunken hatten, ging Vance, sich umzuziehen. Als er wieder zurückkam, hupte Markham unten auf der Straße ein paarmal.

»War Kyle denn öfter um diese Morgenstunde im Museum?« fragte Vance, während wir zur Tür gingen.

»Nein, kaum jemals. Aber Dr. Bliss hatte sich für diesen Morgen mit ihm verabredet, um mit ihm die finanzielle Abrechnung der letzten Expedition durchzusprechen und ihm weitere Möglichkeiten für Ausgrabungen vorzuschlagen.«

»Du hast von dieser Verabredung gewußt?«

»Natürlich. Dr. Bliss rief ihn während der Konferenz gestern an, als wir den Bericht zusammenstellten.«

»Gut. Dann wußten also auch andere davon, daß Kyle am Morgen im Museum sein würde?«

Scarlett blieb stehen und sah Vance entgeistert an. »Aber... Du willst doch damit nicht andeuten, daß...«

»Also, wer war da? Salveter, Hani und Mrs. Bliss. Also alle aus dem Haushalt, bis auf Brush und Dingle, nicht wahr?«

»Ja. Aber schau mal, Vance, die Verabredung war doch für elf Uhr angesetzt, und der alte Knabe kam vor halb zehn.«

»Das ist tatsächlich sehr verwirrend«, bemerkte Vance.

2

Freitag, 13. Juli, 11.30 Uhr

Markham sah säuerlich drein.

»Was soll denn das alles?« knurrte er. »Ich hatte gerade eine außerordentlich wichtige Sitzung...«

»Was es soll, stellt sich schon noch heraus«, unterbrach ihn Vance und stieg in den Wagen. »Der Grund für deine brummige Anwesenheit ist ein sehr faszinierender Mord.«

Markham warf ihm einen schrägen Blick zu und befahl seinem Chauffeur, so schnell wie möglich zum Bliss-Museum zu fahren. Er kannte ja Vance und wußte, daß eine äußerliche Frivolität bei ihm immer auf eine innere Ernsthaftigkeit deutete.

Seit fünfzehn Jahren waren sie Freunde, und Vance hatte Markham schon bei vielen Ermittlungen gute Dienste geleistet. Hatte Markham einen besonders schwierigen Fall, dann verließ er sich gerne auf Vances sicheren Spürsinn.

Es ist schwierig, sich zwei größere Gegensätze vorzustellen als diese beiden Männer. Markham war streng, aggressiv, absolut ehrlich und direkt, ernst und ein bißchen pedantisch. Vance dagegen kannte ich als ein wenig schrullig, von heiterer Höflichkeit und vor allem zynisch. An ernsthaften sozialen oder moralischen Problemen zeigte er sich nur auf unpersönliche Art interessiert. Es schien aber gerade die Unterschiedlichkeit ihrer Charaktere zu sein, die sie aneinander band.

Unterwegs erzählte Scarlett dem Distriktsanwalt noch einmal kurz, was er entdeckt hatte. Markham hörte ihm aufmerksam zu.

»Es könnte ja auch irgendein Strolch von der Straße gewesen sein«, meinte Markham.

»Ach, du liebe Güte!« stöhnte Vance und schüttelte den Kopf. »Na, weißt du, ein Strolch geht nicht am hellen Tag in ein fremdes Haus und erschlägt Leute mit antiken Statuen. Sie bringen in der Regel ihre eigenen Waffen mit und wählen eine Umgebung, die ihnen soviel Sicherheit wie möglich bietet.«

Unterwegs stieg noch ein uniformierter Polizist zu uns in den Wagen, und den postierte Markham unten an der Treppe, während wir zum Vestibül weitergingen.

Es waren zwei Sandsteinhäuser, wie Scarlett sie schon kurz beschrieben hatte. Das Haus rechts hatte keinen Eingang. Das Haus links war nicht umgebaut worden. Es umfaßte drei Stockwerke. Zum Erdgeschoß führte eine breite Steintreppe mit Steingeländer. Das Untergeschoß war ein typisches Souterrain und lag eine Spur unterhalb der Straßenhöhe. Da die beiden Häuser einander glichen wie ein Ei dem anderen, wirkten sie nach dem Umbau wie ein einziges großes Haus.

Ich bemerkte sofort, daß die Haustür, die Scarlett als offen beschrieben hatte, jetzt geschlossen war. Auch Vance stellte es fest, denn er fragte Scarlett, ob er die Tür zugemacht habe, als er ging.

Scarlett dachte angestrengt nach. »Wirklich, Vance, daran kann ich mich nicht erinnern. Schließlich war ich ja furchtbar aufgeregt. Es ist möglich, daß ich die Tür zugemacht habe ...«

Vance drehte am Türknopf; die Tür ging auf.

»Nun, sie war nur eingeklinkt. Ziemlich nachlässig ...«, stellte er fest. »Ist das immer so?«

»Nein«, antwortete Scarlett erstaunt. »Das habe ich noch nie erlebt, daß die Tür nur eingeklinkt war.«

Vance bedeutete uns, wir sollten im Vestibül bleiben, während er selbst leise durch die Stahltür ging, die zum Museum führte.

Wir konnten nicht erkennen, was sich dahinter befand, aber er kam sofort wieder zurück.

»Oh, Kyle ist wirklich tot«, bemerkte er düster. »Anscheinend hat ihn auch bisher noch niemand entdeckt.« Vorsichtig ging er zur Haustür. »Wir werden so tun, als sei die Tür zu. Dann sehen wir schon, was passiert.« Er läutete.

Wenige Augenblicke später wurde die Tür von einem leichenblassen, sehr mageren Mann in der Livree eines Butlers geöffnet. Er verbeugte sich mechanisch vor Scarlett und musterte uns mit kalten Blicken.

»Brush, nicht wahr?« sagte Vance, und der Butler verneigte sich andeutungsweise. »Ist Dr. Bliss zu Hause?«

Brush schaute Scarlett an; dieser nickte, und der Butler öffnete die Tür ein Stück weiter. »Ja, Sir. Er ist in seinem Arbeitszimmer. Wen darf ich melden?«

»Sie brauchen ihn gar nicht zu stören.« Wir gingen hinter Vance in die Halle hinein. »War der Doktor den ganzen Morgen über in seinem Studio?«

Der Butler sah Vance voll hoheitsvoller Verachtung an.

»Das ist schon in Ordnung, Brush«, erklärte ihm Vance. »Wir brauchen keinen Unterricht in Etikette. Das hier ist Mr. Markham, der Distriktsanwalt von New York, und wir möchten von Ihnen einige Informationen haben. Geben Sie uns diese freiwillig?«

Der Mann hatte den Polizisten am Fuß der Treppe gesehen und war noch blasser geworden.

»Sie tun dem Doktor einen Gefallen, wenn Sie antworten«, redete ihm Scarlett zu.

»Seit neun Uhr befindet sich Dr. Bliss in seinem Studio«, antwortete Brush gekränkt. »Das weiß ich deshalb, weil ich ihm um diese Zeit sein Frühstück brachte, und seither war ich immer in diesem Stockwerk.«

»Das Studio von Dr. Bliss liegt an der Rückseite dieser Halle«, erklärte Scarlett und deutete auf eine Tür mit Portiere am Ende des breiten Korridors.

»Dann müßte er uns ja jetzt hören«, bemerkte Markham.

»Nein, es ist eine gepolsterte Tür, und das Arbeitszimmer ist sein Allerheiligstes. Kein Geräusch aus dem Haus erreicht ihn da«, sagte Scarlett.

»Und noch etwas, Brush. Wer ist noch im Haus?« wollte Vance wissen.

»Mr. Hani ist oben. Er fühlt sich unpäßlich . . .«

»Oh, wirklich? Und die anderen zu diesem Haushalt gehörenden Personen?«

»Mrs. Bliss ging gegen neun Uhr. Sie sagte, sie wolle einiges einkaufen. Mr. Salveter verließ das Haus kurz nach ihr.«

»Und Mrs. Dingle?«

»Sie ist unten in der Küche, Sir.«

Vance musterte den Butler eindringlich. »Brush, Sie müssen sich eine Kombination aus Eisen, Arsen und Strychnin verschreiben lassen; die würde Sie wieder ordentlich auf die Beine stellen.«

»Ja, Sir. Ich dachte selbst schon daran, zum Arzt zu gehen. Wissen Sie, es ist vorwiegend der Mangel an frischer Luft...«

»Genau, Brush. Übrigens, wie war das doch mit Mr. Kyle? Er ist doch heute gekommen, wie ich hörte?«

»Er ist im Museum, Sir... Ah, ich vergaß ganz. Dr. Bliss könnte jetzt bei ihm sein.«

»Wirklich? Wann kam Mr. Kyle?«

»Gegen zehn Uhr.«

»Ließen Sie ihn herein?«

»Jawohl, Sir.«

»Haben Sie Dr. Bliss seine Ankunft gemeldet?«

»Nein, Sir. Mr. Kyle sagte mir, ich solle den Doktor nicht stören, er sei etwas zu früh gekommen und wolle im Museum etwa eine Stunde lang einiges durchsehen. Später würde er dann bei Dr. Bliss anklopfen.«

»Ging er direkt ins Museum?«

»Ja, Sir. Ich machte ihm sogar die Tür auf.«

»Noch etwas, Brush. Die Haustür ist nur eingeklinkt, so daß jeder, der das Haus betreten will, auch herein kann, ohne läuten zu müssen.«

Brush zuckte zusammen, ging schnell zur Tür und besah sich das Schloß. »Tatsächlich, Sir. Merkwürdig. Sehr merkwürdig.«

»Warum?«

»Als ich Mr. Kyle einließ, war die Tür noch ordnungsgemäß geschlossen. Das weiß ich bestimmt, weil ich sogar nachgesehen habe. Er wollte nämlich nicht gestört werden, und da einige Mitglieder des Haushalts die Tür nur einschnappen lassen, wenn sie für kurze Zeit ausgehen, überzeugte ich mich davon, daß die Tür richtig geschlossen war, weil ich jedem, der nach Hause kam, sagen wollte, man solle Mr. Kyle nicht stören.«

»Als ich aber um halb elf kam, war die Tür auch nur eingeschnappt, Brush«, erklärte Scarlett.

Vance winkte ab. »Ist schon in Ordnung, Scarlett. Wohin gingen Sie, Brush, nachdem Sie Mr. Kyle eingelassen hatten?«

»In den Salon.« Der Mann deutete auf eine große Schiebetür links auf halber Hallenhöhe, direkt am Fuß der Treppe.

»Und wie lange blieben Sie dort?«

»Bis vor zehn Minuten.«

»Hörten Sie Mr. Scarlett hereinkommen und wieder weggehen?«

»Nein, Sir. Aber ich habe auch mit dem Staubsauger gearbeitet, und der Motor ist sehr laut.«

»Wenn der Staubsauger so laut ist, wie wußten Sie dann, daß Dr. Bliss sein Arbeitszimmer nicht verlassen hat?«

»Die Salontür war offen, Sir. Ich hätte ihn ja sehen müssen.«

»Er hätte doch in das Museum gehen und dann das Haus durch die Haustür verlassen können, ohne daß Sie ihn hörten. Mr. Scarlett hörten Sie ja auch nicht kommen.«

»Das ist ganz ausgeschlossen, denn Dr. Bliss trug nur einen ganz leichten Morgenrock über seinem Schlafanzug. Seine Kleider sind alle oben.«

»Gut, Brush. Hat jemand seit Mr. Kyles Ankunft an der Tür geläutet?«

»Nein, Sir.«

»Vielleicht hat jemand geläutet, und Mrs. Dingle hat aufgemacht. Ich meine, der Staubsauger ...«

»Sie wäre gekommen und hätte es mir gesagt, Sir. Am Vormittag geht sie nie an die Tür. Bis zum Nachmittag ist sie nie in passender Kleidung, Sir.«

»Echt Frau«, murmelte Vance. »Gut. Das wäre im Augenblick alles, Brush. Sie können wieder hinabgehen und warten, bis wir Sie rufen. Mr. Kyle ist etwas zugestoßen, und wir beschäftigen uns jetzt mit der Angelegenheit. Sie werden darüber kein Wort sprechen, verstehen Sie?« Seine Stimme war plötzlich sehr ernst und streng geworden.

Brush schien einer Ohnmacht nahe zu sein. Sein Gesicht war kalkweiß. »Ja, Sir, ich verstehe.« Ziemlich unsicher ging er die Treppe neben Dr. Bliss' Studio hinab.

Vance wechselte ein paar leise Worte mit Markham, der sofort den Beamten von der Straße hereinwinkte.

»Sie bleiben hier im Vestibül«, befahl er. »Sobald Sergeant Heath mit seinen Männern kommt, bringen Sie ihn sofort zu uns. Wir sind dort.« Er deutete auf die Tür zum Museum. »Kommt jemand, dann halten Sie ihn fest und geben Sie uns Bescheid. Niemand darf auf den Klingelknopf drücken.«

Der Beamte salutierte und begab sich auf seinen Posten. Wir gingen hinter Vance ins Museum.

Eine normal breite, teppichbelegte Treppe führte an der Wand entlang nach unten; sie endete in einem riesigen Raum, der auf Straßenhöhe lag. Er war zwei Stockwerke hoch, da die Zwischendecke entfernt worden war. Zwei riesige Säulen mit Stahlverstrebungen waren dafür eingebaut worden. Der ganze Raum maß etwa fünfundzwanzig mal siebzig Fuß und war fast zwanzig Fuß hoch.

Die Hausbreite war von einer Reihe hoher, bleigefaßter Fenster unterbrochen. Gegenüber waren ähnliche Fenster über einer Reihe Eichenschränke. Die Vorhänge der Vorderseite waren zugezogen, die der Fensterreihe über den Schränken offen. Die Sonne schien noch nicht herein, und das Licht war ziemlich dürftig.

In der Nähe der Eichenschränke bemerkte ich eine kleine eiserne Wendeltreppe, die zu einer schmalen Eisentür in dem Stockwerk führte, das wir eben verließen.

Die Lage des Museums in Relation zu dem Haus, das der Familie Bliss als Wohnung diente, erwies sich als außerordentlich wichtig bei der Lösung des Mordfalles Skarabäus. Wie ich schon bemerkte, lag der Boden des Museums auf Straßenhöhe und war früher der Boden des Untergeschosses. Man darf nicht vergessen, daß das Museum eigentlich zwei Stockwerke umfaßte; hier war jenes Stockwerk entfernt worden, auf dem in der linken Haushälfte die Eingangshalle lag.

Ich hatte natürlich sofort nach der Leiche Ausschau gehalten, aber dieser Museumsteil lag im Schatten, und ich konnte nur einen dunklen Umriß ausmachen, der etwa dem eines liegenden menschlichen Körpers entsprach und vor den Eichenschränken lag.

Vance und Markham gingen die Treppe hinab. Scarlett wartete zusammen mit mir auf dem oberen Absatz. Vance zog schnell die Vorhänge auf, und nun erkannte ich sofort die Schönheit und die erstaunlichen Kostbarkeiten des riesigen Raumes.

In der Mitte der gegenüberliegenden Wand stand ein Obelisk aus Heliopolis, welcher der Erinnerung einer Expedition der Königin Hatschepsut aus der Achtzehnten Dynastie geweiht war und auch ihre Cartouche trug. Rechts und links davon standen zwei Gipsabgüsse berühmter Statuen; die eine stellte Königin Teti-Schiret der Siebzehnten Dynastie, die andere Ramses II. dar.

Letztere war ein Abguß der berühmten Turiner Statue, eines der herrlichsten Bildhauerwerke der Antike.

Eingerahmt und unter Glas hingen zahlreiche Papyri an den Wänden, und ihre etwas verblaßten, wenn auch noch immer herrlichen orangen, roten, gelben, grünen und weißen Farben wirkten heiter vor dem grauen Mauerverputz. Über den Papyri waren ausnehmend schöne Halbreliefs aus Kalkstein aufgehängt, die aus einem Grab der Neunzehnten Dynastie in Memphis stammten und Passagen aus dem Buch der Toten enthielten.

Vor den vorderen Fenstern hatte ein schwarzer Granitsarkophag der Zweiundzwanzigsten Dynastie Platz gefunden. Er war volle zehn Fuß lang und völlig mit Hieroglyphen bedeckt. Der Deckel hatte die Form einer Mumie und zeigte den Seelenvogel Ba, einen Falken mit einem menschlichen Kopf. Diesen Sarkophag — einer der größten ägyptologischen Schätze Amerikas — hatte Dr. Bliss aus der Nekropolis von Theben mitgebracht. In der Ecke dahinter erkannte ich eine Zedernholzstatue asiatischen Ursprungs, die Tutmosis III. in Palästina erbeutet hatte.

Nahe der Treppe, auf der ich stand, hatte ein majestätischer Kha-ef-Re der Vierten Dynastie Platz gefunden. Er war aus grauem, geschliffenem und poliertem Gips und ähnelte außerordentlich dem Diorit des Originals. Diese Statue war fast acht Fuß hoch. Die ruhige Würde, die sie ausstrahlte, beherrschte das ganze Museum. Kha-ef-Re war der Schöpfer der großen Sphinx und der Erbauer der Zweiten Pyramide von Gizeh.

Rechts von der Statue begann eine Reihe von Mumiensärgen in strahlenden rot-goldenen Schmuckfarben, und darüber hingen zwei ausgezeichnet vergrößerte kolorierte Fotos; das eine zeigte die Colossi von Amen-Hatep II., das andere den großen Amon-Tempel von Karnak.

Um die beiden Stützsäulen herum waren tiefe Vitrinen aufgestellt worden, in denen allerhand kleine Kostbarkeiten, vorwiegend herrlich geschnitzte und gefaßte Holzfigürchen, aufgestellt waren.

Zwischen den beiden Säulen stand ein langer, niederer, samtbedeckter Tisch von etwa vierzehn Fuß Länge mit einer unvergleichlich schönen Sammlung von Parfümfläschchen und Vasen, Lotoskrügen und Behältern aus poliertem Obsidian und durchscheinendem Alabaster. An der Rückseite des Raumes stand eine sehr große Vitrine mit blauen Fayencen, Schnitzereien aus weißem und rotem Elfenbein und schwarzem Ebenholz, und daneben ein vergoldeter Sessel, der sehr reich mit Lotosblüten und -knospen verziert war.

Unter der Decke lief die Wand entlang ein Fries von etwa fünf Fuß Höhe, auf dem Teile der Rhapsodie von Pen-ta-Weret dargestellt waren und den Sieg Ramses II. über die Hetiter bei Kadesch in Syrien feierte.

Als Vance die Vorhänge aufgezogen hatte, ging er mit Markham weiter in den Raum hinein. Ich folgte ihnen mit Scarlett.

Kyle lag auf dem Gesicht. Die Füße hatte er ein wenig angezogen, und seine Arme waren nach vorn ausgestreckt und umfingen die Füße einer lebensgroßen Statue. Diese Statue hatte ich schon öfter gesehen, wußte jedoch nicht, wen sie darstellte.

Vance sagte mir dann, es sei Anubis, der ägyptische Gott der Unterwelt. Er geleitete die Toten durch Amentet, den schattigen Wohnsitz des Osiris. Er symbolisierte das Grab, wog die Seelen der Menschen und wies ihnen ihren künftigen Wohnsitz im Schattenreich an. Er war der einzige Freund der Toten und Sterbenden. »Und hier ist Kyle in der Haltung der frommen Unterwerfung und Bitte«, schloß er.

Dann schaute er zu dem Toten hinab und deutete auf die kleine Statue, die Kyles Tod verursacht hatte.

Diese Statue war etwa zwei Fuß lang, schwarz und glänzend. Sie lag quer über dem eingeschlagenen Hinterkopf des Toten, schien in der vom Schlag verursachten Höhlung zu ruhen. Unter dem Kopf hatte sich ein unregelmäßiger dunkler Blutfleck gebildet. Ich bemerkte, daß dessen Rand an einer Stelle verschmiert war.

»Markham, das gefällt mir ganz und gar nicht«, sagte Vance leise. »Diese Dioritstatue, mit der Kyle erschlagen wurde, ist Sakhmet, die ägyptische Göttin der Rache, das zerstörerische Element. Sie war die Göttin, welche die Guten beschützte und die Bösen vernichtete, die Göttin, die erschlug. Die Ägypter glaubten fest an ihre gewalttätige Macht, und es gibt sehr viele düstere Legenden über ihre Rachetaten...«

Freitag, 13. Juli, Mittag

Vance musterte die schwarze Figur einen Augenblick.

»Es mag sein, daß es nichts bedeutet, auf keinen Fall etwas Übernatürliches, aber die Tatsache, daß gerade diese Statue für den Mord gewählt wurde, läßt mich doch an etwas Teuflisches, Düsteres und Abergläubisches denken.«

»Na, na, Vance«, wehrte Markham betont forsch ab. »Wir sind doch im modernen New York und nicht im legendären Ägypten.«

»Ja, natürlich. Doch der Aberglaube spielt noch immer eine sehr bedeutende Rolle. Außerdem gäbe es in diesem Raum viel geeignetere Waffen, die leichter zu handhaben und ebenso tödlich gewesen wären. Warum wurde ausgerechnet diese schwere, unhandliche Statue ausgewählt? Jedenfalls muß es ein starker Mann gewesen sein, der sie mit solcher Wucht schwang.«

Er wandte sich an Scarlett, der den Toten fasziniert anstarrte.

»Wo hatte diese Statue gestanden?« fragte er.

»Laß mich mal überlegen ... Ah, ja. Hier auf diesem Schrank.« Er deutete auf die Reihe vor Kyles Leiche. »Sie war eine der neuen Stücke, die gestern ausgepackt wurden. Hani stellte sie dorthin, bis wir sie katalogisieren und endgültig aufstellen konnten.«

Es waren zehn Schränke nebeneinander, welche die Fensterfront ausfüllten; jeder war etwa zweieinhalb Fuß breit und etwa sieben Fuß hoch. Diese Schränke hatten keine Türen und waren mit allen nur denkbaren Dingen gefüllt — mit Töpfen und Holzschnitzereien, Pfeilen und Bogen, Lanzen und Schwertern, mit bronzenen und kupfernen Handspiegeln, Kämmen, Palmblattsandalen und Binsenkörbchen, geschnitzten Löffeln, allerhand Werkzeugen, Masken und Schmuckstücken.

Statt einer Tür hatte jedes Schrankabteil einen schweren seidenen Vorhang, der an Messingringen über dünne Metallstäbe lief. Alle Vorhänge waren offen, nur der letzte nicht, vor dem der tote Kyle lag.

»Und dieser Anubis, Scarlett, ist der auch eine Neuerwerbung?« fragte Vance.

»Die Statue kam auch erst gestern und wurde dorthin gestellt, damit die ganze Lieferung zusammenbleibt.«

Vance spähte durch einen schmalen Spalt in den vom Vorhang

verschlossenen Schrank hinein. »Ah, äußerst interessant, diese bärtige Sphinx! Und diese herrlich blaue Vase... Diese Dolche da sehen ziemlich asiatisch aus... Und hier ist ja eine außerordentlich faszinierende Sammlung von Zeremonienstäben.«

»Die hat alle Dr. Bliss von seiner letzten Expedition mitgebracht«, erklärte Scarlett. »Sie stammen zum Teil aus dem Vorraum von Inteps Grabkammer.«

In diesem Moment erschien Sergeant Ernest Heath mit drei Detektiven oben an der Treppe. Die Männer ließ er oben zurück, aber er kam sofort herab.

»Ich hab' mich sehr beeilt, Sir«, erklärte er mit seiner etwas polternden Stimme. »Habe drei meiner Jungens mitgebracht und auch Captain Dubois und Doc Doremus Bescheid gesagt.«

»Ich glaube, das gibt einen saftigen Skandal«, meinte Markham düster. »Das hier ist nämlich Benjamin H. Kyle.«

Heath starrte den Toten an und grunzte. »Sieht scheußlich aus«, stellte er fest. »Was, zum Teufel, ist das Ding, mit dem er erschlagen wurde?«

»Das, Sergeant, ist Sakhmet, eine alte Göttin der primitiven Ägypter«, erklärte ihm Vance liebenswürdig. »Aber mit dem Teufel hat sie nichts zu tun. Für den ist dieser Herr hier zuständig.« Damit deutete er auf die große Anubis-Statue.

»Hätte ich mir doch denken können, daß ich Sie hier treffe, Mr. Vance.« Heath lachte und reichte Vance die Hand. »Sie stehen immer auf meiner Liste der Verdächtigen, denn wen finde ich am Schauplatz, wenn irgendwo ein Kapitalverbrechen verübt wird? Mr. Philo Vance! Freut mich, daß Sie da sind. Sie werden Ihre Psychologie einsetzen, und dann ist der Fall im Handumdrehen geklärt.«

»Ich glaube, für diesen Fall braucht man mehr als ein bißchen Psychologie«, seufzte Vance und schüttelte Heaths Hand. »Wissen Sie, da ist, glaube ich, eine Spur Ägyptologie besser.«

»Das ist mir zu hoch, Mr. Vance, und deshalb überlasse ich es mit Vergnügen Ihnen. Ich will in erster Linie einmal die Fingerabdrücke von dem Ding hier... Der Kerl, der das gemacht hat, war wohl ein bißchen... hm... Ein Löwenkopf mit einem Teller!«

»Der Löwenkopf der Sakhmet ist zweifellos symbolisch, und der Teller ist eine Sonnenscheibe, Sergeant. Die Schlange, die über die Stirn züngelt, ist eine Kobra — auch Uraeus genannt — und war ein Sinnbild des Königtums.«

»Na, ja, Sir, wie Sie meinen.« Heath war schon ungeduldig geworden. »Ich will ja nur die Fingerabdrücke, nicht die ganze ägyptische Geschichte.«

Er drehte sich um und rief zu den Männern am Treppenabsatz hinauf. »Snitkin, den Polizisten an der Treppe kannst du wieder auf seinen Streifengang schicken. Und wenn sich Dubois sehen läßt, schickst du ihn sofort runter... Und wer, meine Herren, sagt mir jetzt, was eigentlich hier los war?«

Markham deutete auf Scarlett. »Dieser Herr hier fand Mr. Kyle. Er kann Ihnen sagen, was wir bisher darüber wissen.«

Scarlett und Heath unterhielten sich etwa fünf Minuten lang, und Heath trug eine recht mißtrauische Miene zur Schau. Für ihn war jeder schuldig, bis sich seine Unschuld einwandfrei herausgestellt hatte.

Vance hatte sich inzwischen wieder mit dem Toten beschäftigt und dabei eine Intensität entwickelt, die mich verwirrte. Er kniff die Augen zusammen, ging auf ein Knie, nahm sein Monokel aus der Westentasche, polierte es sorgfältig und klemmte es ins Auge. Nach ein paar Minuten richtete er sich auf.

»Na, so was. Scarlett, ist hier irgendwo eine starke Lupe zu bekommen?«

Scarlett ging zur Vitrine, die Skarabäen und dergleichen enthielt und entnahm einer Schublade eine Lupe. »Hier, Sir. Was würde ein Museum ohne eine gute Lupe tun?«

Vance nahm sie und wandte sich an Heath. »Darf ich mir mal Ihre Taschenlampe ausborgen?«

»Klar, Sir.« Der Sergeant reichte ihm seine Lampe.

Wieder kniete Vance nieder; mit der Taschenlampe in der einen und der Lupe in der anderen Hand musterte er einen winzigen ovalen Gegenstand, der etwa einen Fuß von Kyles Leiche entfernt lag.

»*Nisut Biti... Intep... Si Re... Nub-Kheper-Re.*« Seine Stimme klang tief und volltönend.

Der Sergeant schob die Fäuste in die Taschen und schniefte. »Und welche Sprache könnte das sein, Mr. Vance?« fragte er.

»Das ist das gesprochene Wort für ein paar Hieroglyphen. Ich lese sie von diesem Skarabäus ab.«

Plötzlich war der Sergeant außerordentlich interessiert. Er trat näher und beugte sich hinab.

»Ein Skarabäus, Sir?«

»Jawohl. Das ist ein Käfer, ein Mistkäfer, genau genommen.

Dieses kleine Lapislazulioval war das heilige Symbol der alten Ägypter, und dieses hier ist außerdem sehr faszinierend. Es ist das Staatssiegel von Intep V., und das war ein Pharao der Siebzehnten Dynastie, der es vor etwa 3500 Jahren trug. Sein Horusname war Nefer-Kheperu, wenn ich mich recht erinnere. Er regierte in Theben, als Hyksos das Delta beherrschte. Das Grab dieses Herrn hat Dr. Bliss jahrelang ausgegraben und erforscht. Und Sie, Sergeant, haben natürlich bemerkt, daß dieser Skarabäus in eine moderne Krawattennadel umgearbeitet worden ist.«

Heath grunzte zufrieden. Das war ein greifbarer Beweis.

»Ein Käfer ist das? Und jetzt ist es eine Krawattennadel? Na, schön. Mr. Vance, den Vogel wenn ich erwische, der diesen Mistkäfer an seiner Krawatte stecken hatte...«

»Das kann ich Ihnen sagen, wer das war«, sagte Vance und stand auf. »Diese Krawattennadel gehört Dr. Bliss.«

4

Freitag, 13. Juli, 12.15 Uhr

Ungeheuer gespannt hatte Scarlett, einen Ausdruck entsetzten Staunens auf seinem gebräunten Gesicht, Vance zugehört.

»Ich fürchte, da hast du recht, Vance«, sagte er widerstrebend. »Dr. Bliss fand diesen Skarabäus bei der Ausgrabung von Inteps Grab vor zwei Jahren. Er hat ihn bei den ägyptischen Behörden nicht gemeldet, und als er nach Amerika zurückkehrte, ließ er sich eine Krawattennadel daraus arbeiten. Ich bin aber überzeugt, daß dieser Skarabäus hier nichts zu bedeuten hat.«

»Na, wirklich«, antwortete Vance. »Ich kann mich noch recht gut daran erinnern, weil ich Komplice dieses Diebstahls war. Da es im Britischen Museum aber noch eine ganze Anzahl von Inteps Skarabäen und dazu ein zylindrisches Siegel gibt, habe ich weggeschaut. Zum erstenmal jetzt sehe ich einen Skarabäus aus allernächster Nähe.«

»Emery!« rief Heath die Treppe hinauf. »Such mal diesen Bliss und schlepp ihn hierher!«

»Aber, aber, Sergeant, warum so voreilig?« beschwichtigte ihn Vance und legte ihm eine Hand auf den Arm. »Bleiben wir doch ruhig. Es ist noch nicht der richtige Augenblick, um Bliss in die

Sache zu ziehen. Wenn wir ihn brauchen, klopfen wir nur an diese Tür da, denn er kann nicht davonlaufen. Er ist in seinem Arbeitszimmer... Und erst müssen wir noch einiges untersuchen, mein Freund.«

Heath zog eine Grimasse. »Emery, laß. Aber geh in den Hinterhof und paß auf, daß keiner ausreißt... Du, Hennessey, postierst dich in der vorderen Halle. Wenn einer das Haus zu verlassen versucht, packst du ihn am Kragen und bringst ihn uns, verstanden?«

Die beiden Polizisten verschwanden blitzschnell und lautlos.

»Sie haben wohl noch was vor, Sir?« fragte der Sergeant und beäugte Vance hoffnungsvoll. »Mir scheint der Mord nicht besonders kompliziert zu sein. Kyle wird der Schädel eingeschlagen, und neben der Leiche findet man eine Krawattennadel, die Dr. Bliss gehört. Ist doch einfach, was?«

»Viel zu einfach, Sergeant«, erwiderte Vance und musterte den Toten. »Das ist ja die Schwierigkeit daran...«

Und dann tat er einen Schritt vorwärts, bückte sich und hob ein zusammengefaltetes Papier auf, das fast unter einer von Kyles ausgestreckten Händen verdeckt war. Er faltete es auf. Es war ein mit Ziffern beschriebenes Blatt.

»Dieses Dokument muß in Kyles Besitz gewesen sein, ehe er von dieser Welt ging«, sagte er. »Weißt du etwas darüber, Scarlett?«

Scarlett nahm ihm mit zitternder Hand das Papier ab. »Guter Gott!« rief er. »Das ist doch die Abrechnung, die wir gestern machten. Dr. Bliss hat daran gearbeitet.«

»Aha!« sagte Heath voll giftiger Befriedigung. »Unser toter Freund hat also heute früh Bliss getroffen. Wie sonst wäre er zu diesem Papier gekommen?«

»Sieht so aus«, gab Scarlett zögernd zu. »Dr. Bliss sagte, er würde die Abrechnung noch zusammenstellen, bevor Mr. Kyle heute früh käme... Aber da stimmt etwas nicht, Vance. Es ist doch nicht...«

»Das kannst du dir sparen, Scarlett«, unterbrach ihn Vance. »Wenn Dr. Bliss den Mord begangen hat, warum soll er dann diese Abrechnung hier zurücklassen, um sich selbst zu belasten? Wie du sagst — da stimmt etwas nicht.«

»Stimmt was nicht!« brummte Heath. »Erst der Käfer, dann der Bericht — was wollen Sie noch mehr, Mr. Vance?«

»Noch sehr viel mehr«, antwortete Vance leise. »Da begeht einer doch nicht einen Mord, um dann am Tatort lauter Beweise zu verstreuen. Das wäre doch kindisch.«

»Angst hat er gekriegt, panische Angst!« widersprach ihm Heath. »Und da ist er dann getürmt...«

»Übrigens, Scarlett, wann hast du diese Krawattennadel zum letztenmal gesehen?« wollte Vance wissen.

»Gestern abend. Im Studio war es fürchterlich heiß, und Dr. Bliss nahm die Krawatte ab und legte sie auf den Tisch, um den Hemdkragen zu öffnen. Die Nadel steckte in der Krawatte.«

»Ah!« Vance ließ die kleine Tür zu Bliss' Arbeitszimmer nicht aus den Augen. »Dann lag also die Nadel während der Konferenz auf dem Tisch? Und du hast mir gesagt, Hani und Mrs. Bliss und Salveter waren außer dir noch anwesend, nicht wahr?«

»Stimmt.«

»Und jeder der Anwesenden konnte sie gesehen und weggenommen haben?«

»Ja, ich glaube schon.«

»Trotzdem komisch. Dieser Bericht... Ich wüßte zu gern, wie er in Kyles Hand gekommen ist. Du sagst, er sei noch nicht fertig gewesen, als die Konferenz zu Ende war?«

»Nein. Wir gaben alle unsere Zahlen an, und Dr. Bliss sagte, er würde sie aufaddieren und heute Mr. Kyle vorlegen. Dann rief er in unserer Gegenwart Kyle an und machte mit ihm für heute elf Uhr einen Termin aus. Ich glaube, er hat auch noch die Lieferung erwähnt, die gestern gekommen ist.«

»Ah! Interessant. Und was sagte Dr. Bliss über die Lieferung?«

»Ich habe kaum hingehört. Er sagte, die Kisten seien noch nicht ausgepackt, und er hätte gern, daß Kyle den Inhalt ansähe. Siehst du, es war ja noch nicht sicher, ob Kyle die nächste Expedition auch finanzieren würde. Die ägyptische Regierung war ziemlich kleinlich und hat die schönsten Stücke für das Museum in Kairo zurückbehalten. Das paßte Kyle nicht, weil er schon Unmengen Geld hineingesteckt hatte, und jetzt spielte er mit dem Gedanken, sich zurückzuziehen. Kyles Einstellung war ja eigentlich auch der Anlaß der Konferenz. Dr. Bliss wollte ihm die Kosten der früheren Ausgrabungen belegen und ihn zu überreden versuchen, die Weiterführung der Arbeit zu finanzieren.«

»Und der alte Knabe hat sich geweigert?« vermutete Heath. »Darüber hat sich Dr. Bliss furchtbar aufgeregt und ihm die schwarze Statue auf den Kopf geknallt.«

»Wie können Sie nur immer darauf bestehen, daß das Leben so einfach sei!« stöhnte Vance.

»Daß es so kompliziert ist, wie Sie meinen, Mr. Vance, kann ich einfach nicht glauben«, erwiderte Heath sarkastisch.

Kaum hatte er das gesagt, als die Tür aufging. Ein Mann mittleren Alters kam herein. Seine Haut war ziemlich dunkel, und gekleidet war er wie ein Ägypter. Er musterte uns eine Weile in aller Ruhe und stieg dann langsam und würdig die Treppe herab.

»Guten Morgen, Mr. Scarlett«, sagte er und lächelte dazu höhnisch. Dann sah er den Ermordeten an. »Ich stelle fest, daß eine Tragödie dieses Haus heimgesucht hat.«

»Ja, Hani.« Scarlett sprach mit einer Spur Herablassung in der Stimme. »Mr. Kyle wurde ermordet. Diese Herren hier untersuchen das Verbrechen.«

Hani verbeugte sich ernsthaft. Er war mittelgroß, schlank und wirkte sehr distanziert. In seinen engsitzenden Augen ließ sich eine deutliche rassische Animosität erkennen. Sein Gesicht war ziemlich kurz, doch er hatte einen langen Schädel, und seine gerade Nase hatte die abgerundete Spitze des wahren Kopten. Die Augen waren ebenso braun wie seine Haut, die Brauen buschig. Den melierten Bart trug er ziemlich kurz, sein Mund wirkte voll und sinnlich. Auf dem Kopf trug er einen weichen dunklen Tarbusch mit einer langen, blauseidenen Quaste, und von den Schultern hing ihm ein langer, rot-weiß gestreifter Baumwollkaftan, der ihm bis an die Knöchel reichte und nur die weichen Sandalen aus gelbem Leder freiließ.

Mindestens eine Minute lang musterte er den Toten, ohne irgendeine Bewegung zu zeigen. Dann schaute er zur Statue des Anubis hinauf. Nun drückte seine Miene verehrungsvolle Ergebenheit aus, aber dann kräuselte ein sardonisches Lächeln seine Lippen. Er machte mit der linken Hand eine weit ausholende Geste, drehte sich langsam um und sah uns an. Aber dann wanderten seine Augen sofort weiter zu einem fernen Punkt, der weit hinter den Fenstern lag.

»Sie brauchen nichts zu untersuchen, Gentlemen«, sagte er düster. »Es ist Sakhmets Richterspruch. Seit vielen Generationen werden die heiligen Gräber unserer Vorväter von den schatzsuchenden Fremdlingen ausgeplündert. Die Götter des alten Ägypten waren sehr mächtig und schützten ihre Kinder. Sie waren sehr geduldig. Aber die Wüstlinge, die ihre Gräber plünderten, gingen zu weit. So kam die Zeit, daß ihr Zorn zuschlug, und das tat er. Das Grab des Intep-o wurde vor den Vandalen gerettet. Sakhmet hat ihr Urteil gesprochen.«

Er machte eine Pause und holte tief Atem. »Aber Anubis wird niemals einen sakrilegischen Giaur zu den Hallen des Osiris führen, und mag er noch so flehend darum bitten ...«

Hanis Worte und Haltung waren sehr eindrucksvoll, und mir fielen die zahlreichen Geschichten über die Verwünschungen ein, die all jene trafen, welche die Gräber der toten Könige aufbrachen.

»Völlig unwissenschaftlich«, bemerkte Vance zynisch. »Dieser schwarze Steinbrocken kann keine Rache ausüben, wenn er nicht von einer starken menschlichen Hand geschwungen wird. Und wenn Sie schon Unsinn reden müssen, Hani, dann wäre ich Ihnen außerordentlich verbunden, wenn Sie den für die Abgeschlossenheit Ihres Schlafzimmers aufheben würden. Ich finde ihn langweilig.«

Der Ägypter warf ihm einen Blick unbändigen Hasses zu. »Der Westen hat vom Osten über Seelen noch sehr viel zu lernen«, erwiderte er orakelhaft.

»Was Sie nicht sagen! Wir diskutieren jetzt aber nicht über Seelen, und Sie würden besser tun, einige Fragen zu beantworten, die Ihnen der Distriktsanwalt jetzt stellen wird.«

Hani verbeugte sich zustimmend, und Markham sah ihn streng an. »Wo waren Sie den ganzen Vormittag?« fragte er.

»Oben in meinem Zimmer. Ich fühlte mich nicht wohl.«

»Und Sie hörten keine Geräusche aus dem Museum?«

»Das wäre unmöglich.«

»Und Sie sahen keinen das Haus verlassen oder betreten?«

»Nein. Mein Zimmer liegt an der Hofseite, und ich habe es erst jetzt vor ein paar Minuten verlassen. Ich habe hier im Museum zu tun.«

»Ich hörte, daß Dr. Bliss mit Mr. Kyle für heute früh elf Uhr eine Verabredung hatte«, sagte Vance und beobachtete Hani sehr scharf. »Hatten Sie die Absicht, diese Besprechung zu stören?«

»Die hatte ich ganz vergessen. Natürlich wäre ich sofort in mein Zimmer zurückgekehrt, wenn ich die beiden zusammen gesehen hätte«, erwiderte er spontan.

»Wie ist Ihr voller Name, Hani?« fragte Vance.

Er zögerte ein wenig. »Anupu Hani«, sagte er dann. — Sehr viel später erfuhr ich, daß dieser sehr seltene Name auf das Interesse seines Vaters an der ägyptischen Mythologie zurückzuführen war.

Vance hob die Brauen und lächelte ironisch. »Anupu. Sehr merkwürdig. Das ist doch die altägyptische Form für Anubis? Dann identifizieren Sie sich also mit dem unangenehmen Gentleman in der Ecke da mit dem Schakalskopf?«

Hani gab keine Antwort.

»Ist ja auch belanglos«, meinte Vance. »Übrigens, Sie waren es doch, der die kleine Statue der Sakhmet auf den Schrank stellte, nicht wahr?«

»Ja. Sie wurde gestern ausgepackt.«

»Und Sie zogen auch den Vorhang vor den Schrank?«

»Auf Anweisung von Dr. Bliss. Wir hatten noch nicht Zeit, all diese Sachen zu ordnen.«

Vance wandte sich an Scarlett. »Was sagte Dr. Bliss gestern abend zu Mr. Kyle am Telefon?«

»Nun ja, er traf die Verabredung für elf Uhr und sagte, bis dahin hätte er den finanziellen Bericht fertig.«

»Und was sagte er über die neue Lieferung?«

»Nur, daß Mr. Kyle sie anschauen sollte. Er sagte, er habe die Sachen in den letzten Schrank gestellt, und der Vorhang sei zugezogen.«

Vance nickte. »Deshalb ist Mr. Kyle wohl so früh gekommen — um die ... Beute zu inspizieren.« Er lächelte Hani an. »Und es stimmt doch, daß Sie und die anderen gestern das Telefongespräch mithörten, nicht wahr?«

»Ja, wir hörten es alle.« Ich bemerkte, daß der Ägypter immer düsterer wurde, und manchmal warf er Vance einen raschen Blick aus den Augenwinkeln zu.

»Und nicht wahr, Scarlett, jeder der Kyle kannte, wußte auch, daß er frühzeitig zur Inspektion kommen würde, eh?«

»Nun ja, Dr. Bliss hatte es ja direkt vorgeschlagen, er solle frühzeitig kommen und die Schätze ansehen.«

»Verzeihen Sie, Mr. Vance«, warf Heath gereizt ein, »sind Sie vielleicht der Verteidiger von Dr. Bliss? Wenn Sie diesem Dr. Bliss nicht ein Alibi aufbauen wollen, dann bin ich Königin von Saba.«

»Sergeant, Sie scheinen kein Salomon zu sein, der alle Möglichkeiten abwägt.«

»Ah, verdammt noch mal, ich will mir den Kerl vornehmen, der den Käfer anstecken hatte und den Bericht schrieb. Wenn ich ihn sehe, dann weiß ich, was ein sauberer Beweis ist.«

»Das bezweifle ich nicht, aber selbst den saubersten Beweis kann man auf verschiedene Arten interpretieren«, erklärte Vance sehr geduldig.

Snitkin riß in diesem Moment die Tür auf und ließ Dr. Doremus, den Polizeiarzt, eintreten. Der Arzt war ein magerer, nervöser Mann mit vorzeitig zerfurchtem Gesicht, das gleichzeitig verdrießlich und vergnügt wirkte. Er grüßte uns alle fröhlich, schüttelte Markham und Heath die Hände und warf Vance einen übertrieben mißmutigen Blick zu.

»Na, wo ein Mord passiert, find' ich auch Sie, Sir«, pflaumte er Vance an. Er schaute auf die Uhr. »Lunchzeit. Die Stunden fliegen nur so dahin. Sehr gesund scheint dieser Platz da nicht zu sein, was? Und wo ist die Leiche, Sergeant?«

Heath trat einen Schritt zurück und deutete. »Da ist sie, Doc.«

Doremus warf einen flüchtigen Blick auf den Toten. »Nun, tot ist er bestimmt«, sagte er zu Heath.

»Tatsächlich?« fragte der Sergeant ironisch.

»Ehrlich, ich bleib dabei.« Er lachte, kniete nieder und bewegte ein Bein der Leiche. »Seit zwei Stunden tot. Nicht länger, eher weniger.«

Heath hob mit einem großen Taschentuch die Statue von Kyles Kopf ab. »Das brauche ich nämlich für Fingerabdrücke. Irgendwelche Anzeichen für einen Kampf, Doc?«

Doremus drehte die Leiche um und untersuchte Gesicht, Hände und Kleider. »Seh nichts«, stellte er lakonisch fest. »Von hinten niedergeschlagen, nehme ich an. Fiel dann vorwärts, die Arme ausgestreckt. Hat sich nicht mehr gerührt, seit er den Boden erreichte.«

»Könnte er schon tot gewesen sein, als die Statue ihn traf?« wollte Vance wissen.

»Nein. Zuviel Blut dafür.« Doremus stand auf und wippte ungeduldig auf den Fußspitzen.

»Einfacher Überfall also?«

»Bin ich allwissend oder ein Zauberer? Das wird sich bei der Autopsie schon herausstellen.« Der Doktor wurde allmählich ziemlich gereizt.

»Bekommen wir den *post-mortem*-Bericht bald?« fragte Markham.

»Sobald der Sergeant die Leiche zum Leichenhaus hat schaffen lassen.«

»Sie ist dort, wenn Sie mit dem Mittagessen fertig sind, Doc«, versprach Heath. »Der Wagen ist schon bestellt.«

»Dann bin ich schon wieder weg.« Doremus schüttelte Markham und Heath die Hände, winkte Vance freundlich zu und war im nächsten Moment verschwunden.

Ich hatte beobachtet, daß Heath ungeduldig die kleine Blutlache anstarrte, seitdem er die Statue weggenommen hatte. Kaum war Doremus weg, als er niederkniete und etwas sehr genau untersuchte. Er ließ sich von Vance die Taschenlampe geben und leuchtete den Rand des Blutfleckens dort ab, wo ich den Schmierer bemerkt hatte. Dann wanderte sein Licht ein Stückchen weiter zu einem weiteren schwachen Schmierer, der sich kaum vom gelben Boden abhob. Und schließlich schaute er zur kleinen Wendeltreppe hinüber. Er grunzte befriedigt vor sich hin und ging in einem weiten Kreis zur Treppe. Dort kniete er wieder nieder und ließ den Lichtstrahl über die untersten Stufen gleiten. Auf der dritten blieb das Licht plötzlich hängen, und der Sergeant untersuchte fast mit der Nase am Boden die Stelle.

Dann grinste er und richtete sich auf. »Der Fall ist im Sack und fest zugebunden«, sagte er.

»Ah, dann haben Sie wohl die Spur des Mörders gefunden, was?« fragte Vance.

»Und ob!« antwortete Heath nachdrücklich. »Wie ich Ihnen gesagt habe, genauso ist es.«

»Seien Sie lieber nicht ganz so sicher, Sergeant.« Vance schaute sehr düster drein. »Die auf der Hand liegende Erklärung ist sehr oft falsch.«

»Wirklich?« Heath wandte sich an Scarlett. »An Sie hab' ich eine Frage, auf die ich eine ehrliche Antwort will. Welche Schuhe trägt der Doktor gewöhnlich im Haus?«

Scarlett warf Vance einen hilfesuchenden Blick zu, und der nickte. »Sag nur alles, was du weißt. Du kannst mir doch vertrauen, und hier kommt es nur darauf an, daß die Wahrheit gesagt wird.«

Scarlett räusperte sich. »Tennisschuhe mit Gummisohlen«, antwortete er leise. »Seit der ersten ägyptischen Expedition hat er ein Fußleiden. Am besten ist es für ihn, wenn er weiße Segeltuchschuhe mit Gummisohlen trägt.«

»Und das hat er auch getan.« Heath kehrte zur Leiche zurück. »Mr. Vance, schauen Sie mal hierher. Ich muß Ihnen was zeigen.«

Vance tat die paar Schritte, und ich folgte ihm.

»Schauen Sie sich diesen Fußabdruck an«, sagte der Sergeant und deutete auf den verschmierten Rand der Blutpfütze, wo Kyles Kopf gelegen hatte. »Sie müssen ganz nahe hingehen, sonst sehen Sie's nicht. Haben Sie's aber gesehen, dann erkennen Sie auch das Muster einer Gummisohle, ein schachbrettähnliches Muster, mit runden Flecken an den Absätzen.«

Vance beugte sich darüber und musterte den Abdruck im Blut. »Stimmt, Sergeant.« Er war sehr ernst geworden.

»Und jetzt schauen Sie daher.« Heath deutete auf zwei andere Schmierer auf halbem Weg zur Treppe.

Vance schaute und nickte. »Ja. Diese Spuren stammen vielleicht vom Mörder.«

»Und da noch einmal, Sir.« Heath ließ seinen Taschenlampenstrahl über die dritte Stufe gleiten.

Vance klemmte sein Monokel ins Auge und musterte die Stelle aus nächster Nähe. Dann stand er auf und blieb nachdenklich stehen.

»Na, was sagen Sie jetzt, Mr. Vance?« fragte der Sergeant. »Reichen diese Beweise immer noch nicht, Sir?«

Markham legte Vance eine Hand auf die Schulter. »Warum bist du denn gar so stur?« fragte er freundlich. »Das sieht doch ganz eindeutig aus.«

»Eindeutig ja!« antwortete Vance und sah Markham an. »Aber nach welcher Richtung hin? Das ist doch widersinnig! Ein Mann von Bliss' Mentalität soll so brutal einen anderen ermorden, wo doch jeder weiß, daß er mit ihm verabredet war? Und dann läßt er auch noch seine Krawattennadel mit dem Skarabäus und einen Bericht zurück, um gegen sich selbst Beweise zu liefern? Und falls diese Beweise nicht genügen, führen noch ein paar blutige Fußspuren mit dem Muster seiner Schuhe von der Leiche zu seinem Studio. Ist denn das wirklich vernünftig?«

»Vernünftig vielleicht nicht«, gab Markham zu. »Es sind aber Tatsachen, mit denen wir Dr. Bliss konfrontieren müssen.«

»Damit hast du recht, und wir müssen ihn ins Bild setzen. Aber, Markham, das gefällt mir ganz und gar nicht. Vielleicht kann uns der Doktor weiterhelfen. Ich hole ihn. Ich kenne ihn ja seit Jahren.«

Vance gab acht, daß er nicht auf die kostbaren Fußspuren trat, als er die Treppe hinaufstieg.

5

Freitag, 13. Juli, 12.45 Uhr

Vance klopfte an die schmale Tür. Wir beobachteten ihn gespannt. Ich hatte ein ganz beklommenes Gefühl, und bis heute kann ich den Grund dafür nicht erklären. Alle bisherigen Beweise deuteten unmißverständlich auf den großen Ägyptologen in jenem kleinen Studio.

Nur Vance schien recht unbesorgt zu sein. Gleichmütig zündete er sich eine Zigarette an und klopfte noch einmal. Keine Antwort. Schließlich schlug er mit der Faust so heftig gegen die Tür, daß es im ganzen Museum hallte.

Nach einigen Momenten hörte man, wie ein Türknopf gedreht wurde, und nun schwang die schwere Tür langsam nach innen.

Ein großer, schlanker Mann, etwa Mitte vierzig, stand da. Er trug einen pfauenblauen Morgenrock aus gemusterter Seide, der ihm bis zu den Knöcheln reichte. Sein dünnes, hellblondes Haar sah verwirrt aus, als sei er gerade vom Bett aufgestanden. Seine Augen waren verschleiert, die Lider ein wenig geschwollen. Er hielt sich, wie haltsuchend, am inneren Türknopf fest.

Der Mann sah alles in allem erstaunlich aus. Sein Gesicht war lang, hager und tief gebräunt, die Stirn hoch und schmal, eine Gelehrtenstirn, aber die Nase glich einem Adlerschnabel. Er hatte einen geraden Mund und ein fast viereckiges, sehr ausgeprägtes Kinn. Die Wangen sahen so eingefallen aus, als sei er krank und überwinde die Krankheit nur mit seiner ungeheuren Vitalität.

Erst starrte er Vance verständnislos an, dann blinzelte er wie ein Mann, der aus tiefer Narkose erwacht und holte tief Atem.

»Ah, Mr. Vance!« Seine Stimme klang rauh und belegt. »Wir haben uns sehr lange nicht mehr gesehen.« Er bemerkte unten im Museum die Gruppe. »Ich verstehe nicht ganz ... Mein Kopf ist so entsetzlich schwer. Verzeihen Sie, ich muß wohl geschlafen haben ... Wer sind diese Herren? Scarlett und Hani erkenne ich bei ihnen. In meinem Studio ist es höllisch heiß.«

»Etwas sehr Ernstes ist vorgefallen, Dr. Bliss«, sagte Vance.

»Würden Sie bitte ins Museum kommen? Wir brauchen Ihre Hilfe.«

»Ein Unfall?« Bliss richtete sich auf. »Ein ernstlicher Unfall? Was ist geschehen? Doch hoffentlich keine Einbrecher.«

»Nein, keine Einbrecher.« Vance stützte ihn, als er mit Bliss die Treppe hinabstieg.

Ich hatte das Gefühl, jeder schaue auf seine Füße, und mir ging es nicht anders. Jeder, der weiße Tennisschuhe an ihm zu sehen gehofft hatte, wurde enttäuscht. Dr. Bliss trug sehr weiche, blaue Hausschuhe aus Ziegenleder, die orangefarbig eingefaßt waren. Unter dem Morgenrock hatte er einen grauseidenen Schlafanzug an, um den Hals eine lose geknüpfte malvenfarbene Krawatte.

»Was für ein Unfall, Mr. Vance?« fragte Dr. Bliss sichtlich angestrengt.

»Dr. Bliss, Mr. Kyle ist tot«, antwortete Vance.

»Kyle tot?« Bliss sah wie erschlagen drein, und in seinen Augen war schmerzliche Enttäuschung zu lesen. »Aber ich habe doch gestern abend noch mit ihm gesprochen. Er sollte heute früh kommen ... Meine ganze Lebensarbeit — vorbei!« Er sank auf einen der Faltstühle, die da und dort an der Wand standen. »Tot! Wie entsetzlich!« Aber dann fiel plötzlich alle Lethargie von ihm ab, und sein Gesicht wurde hart und energisch. »Tot?« fragte er drohend. »Wie ist er gestorben?«

»Er wurde ermordet«, antwortete Vance und deutete auf Kyles Leiche, neben der Markham, Heath und ich standen.

Bliss trat näher heran; er starrte den Toten lange an, und dann hob er den Blick erst zur Statue der Sakhmet, dann zum wölfischen Kopf des Anubis.

Unvermittelt drehte er sich zu Hani um. Der Ägypter trat einen Schritt zurück, als habe er Angst vor dem Doktor.

»Du Schakal! Was weißt du davon?« In seiner Stimme sprühte Haß. »Seit Jahren spionierst du mich aus. Du hast mein Geld genommen und gleichzeitig die Bestechungsgelder deiner dummen, korrupten Regierung eingesteckt. Du hast meine Frau gegen mich vergiftet. Immer hast du mir bei allem, was ich tat, im Weg gestanden. Ich behielt dich nur, weil meine Frau an dich glaubte und an dir hing. Und jetzt wurde dieser Mann ermordet, der mir helfen sollte, meine Lebensarbeit der Welt zugänglich zu machen. Was weißt du darüber, Anupu Hani? Sprich, du Fellachenhund!«

Der Ägypter war einige Schritte zurückgewichen, hatte sich

edoch nicht geduckt, sondern war nur grimmiger und düsterer geworden.

»Vom Mord weiß ich nichts, aber ich weiß, daß es die Rache Sakhmets ist. Sie hat den getötet, der für die Entheiligung von Inteps Grab bezahlen mußte!«

»Sakhmet, ein seelenloser Stein eurer kranken Mythologie! Du bist jetzt nicht unter unwissenden Medizinmännern, sondern stehst vor zivilisierten Menschen, welche die Wahrheit erfahren wollen. Wer hat Kyle getötet?«

»Wenn es nicht Sakhmet war, dann weiß ich es nicht, Euer Ehren.« Trotz der Unterwürfigkeitsformel klang deutliche Verachtung in seiner Stimme. »Ich war in meinem Zimmer. Du, *hadretak*, warst deinem reichen Patron nahe, als er in das Land der Schatten ging.«

Wir alle hatten das Gefühl, Dr. Bliss wolle ihm an die Kehle springen; deshalb versuchte ihn Vance zu beruhigen. Bliss setzte sich wortlos auf einen Stuhl, und Scarlett trat besorgt neben Vance.

»Hier ist etwas ganz und gar nicht in Ordnung«, stellte er fest. »Der Doktor ist nicht er selbst.«

»Das sehe ich.« Auch Vance sah ziemlich erstaunt drein und musterte Bliss eindringlich. »Sagen Sie, Doktor, wann sind Sie heute früh in Ihrem Studio eingeschlafen?«

Bliss sah mühsam auf. Sein ganzer Zorn schien verflogen zu sein. »Wann? Moment mal ... Brush brachte um neun mein Frühstück, und ein paar Minuten später trank ich etwas vom Kaffee. An mehr kann ich mich nicht erinnern, bis Sie an meine Tür trommelten. Wie spät ist es jetzt, Mr. Vance?«

»Mittag vorüber. Nach dem Kaffee sind Sie vermutlich eingeschlafen. Verständlich, denn Scarlett sagte mir, Sie hätten vergangene Nacht sehr lange gearbeitet.«

»Ja, bis drei Uhr früh. Ich wollte den Bericht für Kyle fertigmachen. Und jetzt ist er tot. Ich verstehe es nicht...«

»Wir verstehen es auch nicht«, antwortete Vance. »Aber Mr. Markham, der Distriktsanwalt, und Sergeant Heath vom Morddezernat sind hier, um die Angelegenheit zu untersuchen. Sie dürfen versichert sein, daß der Gerechtigkeit Genüge getan werden wird. Sie könnten uns dabei helfen, wenn Sie uns einige Fragen beantworten. Fühlen Sie sich dazu imstande?«

»Natürlich.« Bliss riß sich sichtlich zusammen. »Ich habe nur schrecklichen Durst. Ein Glas Wasser ...«

Heath war schon unterwegs; man hörte ihn einen Befehl rufen, und gleich darauf kam er mit einem Glas Wasser zurück, das Bliss wie ein Verdurstender austrank.

»Wann hatten Sie Ihren Bericht für Mr. Kyle fertig?« fragte ihn Vance.

»Heute früh, ehe Brush mir das Frühstück brachte.« Er wirkte wieder viel frischer. »Ich machte ihn in der Nacht noch so weit fertig, daß ich kaum noch eine Stunde daran zu arbeiten hatte. Um acht kam ich in das Studio herunter.«

»Wo ist der Bericht jetzt?«

»Auf meinem Schreibtisch. Ich wollte ihn noch einmal nachprüfen. Moment, ich hole ihn sofort.«

Vance hielt ihn zurück. »Das ist nicht nötig. Ich habe ihn hier. Man fand ihn in Mr. Kyles Hand.«

Bliss schaute Vance und das Blatt, das dieser ihm reichte, entgeistert an. »In Kyles Hand? Aber das ist doch...«

»Das läßt sich später sicher klären«, wehrte Vance ab. »Zweifellos wurde der Bericht von Ihrem Schreibtisch genommen, während Sie schliefen...«

»Vielleicht hat Mr. Kyle selbst...«

»Unwahrscheinlich. Übrigens, lassen Sie immer die Tür von Ihrem Studio zum Museum unversperrt?«

»Ja, immer. Es ist nicht nötig, sie abzusperren. Ich weiß nicht einmal, wo der Schlüssel ist.«

»Dann konnte also jeder vom Museum aus Ihr Studio betreten und den Bericht nach neun Uhr, als Sie schliefen, weggenommen haben?«

»Wer, um Himmels willen, Vance, sollte das tun?«

»Das wissen wir noch nicht. Wir stehen ja erst am Anfang unserer Ermittlungen. Nur einige Fragen, Doktor. Wissen Sie zufällig, wo Mr. Salveter diesen Morgen ist?«

Bliss schob energisch das Kinn vor. »Natürlich weiß ich das. Ich habe ihn ja selbst zum Metropolitan Museum geschickt. Er sollte Duplikate der Reproduktionen von Grabgegenständen des kürzlich entdeckten Grabes von Hotpeheres besorgen. Ich wußte, daß ich sie von meinem alten Freund Albert Lythgoe, dem Kurator der ägyptologischen Abteilung, erhalten könnte.«

»Haben Sie heute früh mit Mr. Salveter gesprochen?«

»Nein. Ich sagte es ihm gestern. Er wollte mich sicher nicht in meinem Studio stören. Vermutlich ist er gegen halb zehn gegangen, denn das Metropolitan Museum öffnet um zehn.«

»Müßte er nicht jetzt schon zurück sein?«

»Vielleicht.« Bliss zuckte die Achseln, als sei die Angelegenheit für ihn unbedeutend. »Er ist sehr gewissenhaft und wird zurückkommen, sobald er seinen Auftrag erledigt hat. Wir haben ihn sehr gern, meine Frau und ich. Im Grund hat er die Ausgrabungen von Inteps Grab ermöglicht, weil er sich bei seinem Onkel dafür einsetzte.«

»Das hat Scarlett mir auch erzählt.« Vance warf Markham einen Blick zu, der darum bat, vorläufig noch ihn fragen zu lassen. »Und zufällig war ich ja auch dabei, als Sie den faszinierenden Lapislazuli-Skarabäus fanden.«

Bliss tastete nach seiner Krawatte und warf Hani einen schuldbewußten Blick zu, der ihm aber den Rücken wandte, weil er verehrungsvoll zur Statue der Teti-Schiret aufblickte.

»Ein außerordentlich interessanter Skarabäus«, fuhr Vance fort. »Scarlett sagte mir, Sie hätten ihn zu einer Krawattennadel umarbeiten lassen. Haben Sie die bei sich? Ich würde sie gern sehen.«

Wieder tastete Bliss seine Krawatte ab. »Sie muß oben sein, Mr. Vance. Wenn Sie Brush rufen würden...«

»Vergangene Nacht lag sie in Ihrem Arbeitszimmer auf dem Schreibtisch, Doktor«, warf Scarlett ein.

»Ja, stimmt«, bestätigte Dr. Bliss. »Sie wird im Halstuch stekken, das ich gestern getragen habe.«

»Hm, die Wahrheit ist, Doktor, daß ich wissen wollte, wo Sie diese Nadel zuletzt getragen haben. Verstehen Sie, sie ist nicht in Ihrem Studio, weil sie neben der Leiche von Mr. Kyle lag, als wir ankamen.«

»Was? Meine Skarabäusnadel? Das ist doch ausgeschlossen!« rief Dr. Bliss entsetzt.

Vance trat zur Leiche und hob die Nadel auf. »Sehen Sie. Sehr merkwürdig. Wahrscheinlich hat man sie gleichzeitig mit dem Finanzbericht aus Ihrem Studio genommen.«

»Das begreife ich nicht«, flüsterte Bliss bestürzt.

»Vielleicht ist sie aus Ihrer Krawatte gefallen«, warf Heath ein.

»Ich hatte ja gar nicht diese Krawatte an. Die ist im Studio.«

»Sergeant, wir wollen bitte diese Angelegenheit nachprüfen«, sagte Vance vorwurfsvoll.

»Mr. Vance, ich bin hier, um rauszufinden, wer Kyle ins Jenseits befördert hat. Und die Person, die jede Gelegenheit dazu hatte, ist Dr. Bliss. Darüber hinaus finden wir seinen Bericht und eine ihm gehörende Krawattennadel beim Toten. Diese Fußabdrücke kommen noch dazu...«

»Das ist alles richtig, Sergeant«, unterbrach ihn Vance, »aber wenn Sie den Doktor ständig vor den Kopf stoßen, kommen wir nicht weiter.«

»Oh, mein Gott, ihr denkt also, ich hätte ihn umgebracht!« stöhnte Bliss. Verzweifelt wandte er sich an Vance. »Ich habe seit neun Uhr geschlafen. Ich wußte ja gar nicht, daß Kyle hier war. Schrecklich, schrecklich! Mr. Vance, Sie können doch sicher nicht glauben, daß ich...«

Von der Haupttür zum Museum her waren erregte Stimmen zu vernehmen, und wir schauten hin. Hennessey schlug aufgeregt mit den Armen und versuchte einer jungen Frau den Eintritt zu verwehren.

»Das ist mein Haus!« rief sie mit schriller Stimme. »Wie können Sie es wagen, mir den Eintritt zu verbieten?«

»Meryt!« rief Scarlett und lief zu ihr hin.

»Das ist meine Frau. Warum läßt man sie nicht eintreten, Mr. Vance?« fragte Bliss.

»Hennessey, laß die Dame reinkommen!« brüllte Heath.

Mrs. Bliss rannte die Treppe herab, ihrem Mann entgegen. »Mindrum, was ist geschehen?« Sie fiel auf die Knie und legte ihrem Mann die Arme um die Schultern. In dem Moment sah sie die Leiche, und schaudernd wandte sie sich ab.

Mrs. Bliss war eine außerordentlich aparte Frau. Sie mochte etwa sechsundzwanzig Jahre alt sein. Ihre riesigen, dunklen Augen waren von schweren Wimpern überschattet, und ihre Haut hatte einen tiefen Olivton. Ihr ägyptisches Blut drückte sich in vollen, sinnlichen Lippen und in hohen Wangenknochen aus, die sie deutlich orientalisch erscheinen ließen. Unwillkürlich wurde man, wenn man sie ansah, an die berühmte Nofretete erinnert, und das Hütchen, das sie trug, erinnerte auch entfernt an deren Kopfschmuck. Ihr Kleid aus zimtbrauner Seide unterstrich die vollen Rundungen ihrer sonst sehr schlanken Gestalt.

Trotz ihrer Jugend vermittelte sie den Eindruck großer Reife und stolzer Haltung. Man konnte sich vorstellen, daß sie sehr tiefer und leidenschaftlicher Empfindungen fähig war, möglicherweise auch sehr leidenschaftlicher Taten.

Bliss strich ihr geistesabwesend über die Schultern. »Kyle ist tot, Liebling«, sagte er mit hohler Stimme. »Ermordet! Und diese Herren hier beschuldigen mich, es getan zu haben.«

»Du?« Mrs. Bliss sprang auf. Wie eine wütende Tigerin wirbelte sie zu uns herum, doch ehe sie noch sprechen konnte, trat Vance zu ihr.

»Das stimmt nicht ganz, Mrs. Bliss«, erklärte er ihr gemessenen Tones. »Wir haben ihn nicht angeschuldigt, sondern ermitteln nur in dieser tragischen Angelegenheit. Es ist nur zufällig so, daß die Skarabäusnadel Ihres Mannes neben Mr. Kyles Leiche gefunden wurde.«

»Na, und? Jeder kann sie doch hier verloren haben, oder?« antwortete sie und war erstaunlich ruhig dabei.

»Genau, Madam«, antwortete Vance liebenswürdig. »Und wir möchten nun herausfinden, *wer* das gewesen ist, der sie verlor.«

»Ja, ja...«, flüsterte sie. »Jemand hat sie dorthin gelegt. Irgend jemand.« Eine Wolke des Schmerzes verdüsterte ihr Gesicht, aber sie riß sich energisch zusammen und sah Vance an. »Wer diese schreckliche Tat auch begangen hat — ich möchte, daß Sie ihn finden. Und ich werde Ihnen dabei helfen. Verstehen Sie? *Ich werde Ihnen helfen.*«

»Das glaube ich Ihnen gern, Mrs. Bliss«, erwiderte Vance. »Und ich werde Ihre Hilfe gern annehmen. Aber im Moment können Sie hier wenig tun. Zuerst gibt es noch einige Routinearbeiten für uns. Vielleicht sind Sie so liebenswürdig, im Salon zu warten. Wir möchten Ihnen dann gern noch ein paar Fragen stellen. Hani kann Sie begleiten.«

Ich hatte den Ägypter die ganze Zeit nicht aus den Augen gelassen. Als Mrs. Bliss eintrat, hatte er kaum umgeschaut, aber als sie dann mit Vance sprach, war er langsam nähergekommen. Jetzt stand er mit vor der Brust gekreuzten Armen da und musterte die Frau in der Haltung schutzbereiter Ergebenheit.

»Komm, Meryt-Amen«, sagte er. »Ich bleibe bei dir, bis diese Herren dich zu befragen wünschen. Du hast nichts zu fürchten. Sakhmet hat ihre gerechte Rache gehabt, und sie steht jenseits aller westlichen Gesetze.«

Die Frau zögerte einen Augenblick, trat zu Bliss, küßte ihn leicht auf die Stirn und ging, gefolgt von Hani, zur vorderen Treppe.

6

Freitag, 13. Juli, 1.15 Uhr nachmittags

»Armes Ding«, seufzte Scarlett, als er ihr nachschaute. »Weißt du, Vance, sie hing sehr an Kyle, denn er und ihr Vater waren gute Freunde. Nach Abercrombies Tod sorgte Kyle für sie wie für eine eigene Tochter. Sein Tod ist ein furchtbarer Schlag für sie.«

»Das ist verständlich, aber sie hat Hani, der sie trösten kann«, erwiderte Vance. »Übrigens, Dr. Bliss, Ihr ägyptischer Diener scheint sich sehr um Mrs. Bliss zu kümmern.«

»Was ... Wieso? Ah, ja. Hani. Wenn es um meine Frau geht, ist er wie ein Wachhund. Er hat mir nie verziehen, daß ich sie geheiratet habe.« Dann brütete er wieder vor sich hin.

Heath kaute an seiner ausgegangenen Zigarre, stand neben Kyles Leiche und musterte den Doktor voll offener Feindseligkeit.

»Hören Sie, Chef«, wandte er sich an Markham, »reichen die Beweise noch immer nicht für eine Anklage?«

Markham wußte nicht recht, was er tun sollte. Sein Instinkt verlangte die Verhaftung von Dr. Bliss, aber sein Glaube an Vance hielt ihn zurück. Er wußte, daß Vance ebensowenig zufrieden war mit der gegenwärtigen Lage wie er selbst. Er wurde aber in seinen Gedanken gestört, weil Hennessey herabrief, der Wagen sei jetzt da.

»Liegt noch ein Grund vor, daß wir die Leiche nicht wegschaffen sollten?« fragte Heath den Distriktsanwalt.

Markham sah Vance an, und dieser nickte. »Nein, Sergeant. Je eher sie im Leichenhaus ist, desto eher bekommen wir den Bericht.«

Einen Augenblick später kamen zwei Männer mit einem großen, sargförmigen Weidenkorb, in den sie Kyles Leiche legten. Sie machten wenig Umstände, und Vance bemerkte: »Goldige Burschen, und außerordentlich mitfühlend.«

Aber als Kyles Leiche weg war, schien auch der Bann gebrochen zu sein, der über dem Museum gelegen hatte.

»Und wie geht's jetzt weiter?« fragte Heath.

Markham nahm Vance zur Seite und unterhielt sich leise mit ihm. Ich konnte nicht hören, was gesprochen wurde, doch beide waren sehr ernst. Markham hörte Vance sehr aufmerksam zu und zuckte dann die Achseln.

»Warum müßt ihr von der Justiz euch immer wie verrückte

Derwische benehmen?« bemerkte Vance schließlich. »Hört mir doch auf mit eurer Tüchtigkeit, mit der ihr ständig Schlamm aufrühren müßt, statt ihn sich setzen zu lassen.« Dr. Bliss schaute auf und verfolgte Vance mit hoffnungsvollen Blicken. »Nichts von all dem, Markham, klingt überzeugend. Ich sagte dir doch schon, die auf der Hand liegende Erklärung ist falsch. Irgendwo gibt es einen Schlüssel für diese ganze Affäre. Er liegt vor unseren Nasen, nur sehen wir ihn nicht.«

Ich wußte, daß Vance zutiefst aufgewühlt war, wie immer, wenn er äußerlich ruhig, mit langen Schritten auf und ab lief. Plötzlich blieb er vor dem Buffet stehen und blickte sich hinab. Er studierte ihn, dann musterte er den Schrank darunter. Langsam glitt sein Blick an dem fast zugezogenen Vorhang herab, und dann ging er wieder nach oben, wo er an der Holzleiste über der Vorhangstange hängenblieb. Dann schaute er wieder den Blutfleck an, und ich gewann den Eindruck, er messe Entfernungen ab. Schließlich richtete er sich auf und stand vor dem Vorhang, den Rücken uns zugewandt.

»Nein, wirklich, das ist ja außerordentlich interessant«, murmelte er, stellte einen der hölzernen Faltstühle an die Stelle, wo Kyles Kopf gelegen hatte, stieg auf den Stuhl und untersuchte lange die Schrankoberseite.

»Außerordentlich...«, murmelte er und klemmte sich das Monokel ins Auge. Dann griff er aus und nahm etwa dort etwas weg, wo Hani, wie er gesagt hatte, die kleine Sakhmet-Statue abgestellt hatte. Wir sahen nicht, was es war, aber er steckte den Gegenstand in seine Jackentasche. Dann stieg er vom Stuhl herab und warf Markham einen grimmigen, befriedigten Blick zu.

»Dieser Mordfall hat erstaunliche Möglichkeiten«, bemerkte er.

Ehe er sich noch weiter äußern konnte, meldete Hennessey, ein Kerl namens Salveter sei da, der Doc Bliss sehen wolle. Mit einer gelangweilten Bewegung winkte Heath Hennessey zu, er solle Salveter ins Museum schicken. »Die reinste Volksversammlung«, bemerkte er dazu.

Salveter kam die Treppe herab und sah uns verwundert entgegen. Scarlett nickte er kurz zu; dann sah er Vance.

»Oh, es ist schon lange her, seit wir uns in Ägypten zum letztenmal sahen«, sagte er. »Was ist los? Haben wir eine militärische Invasion?«

Salveter war ein ernsthafter, aggressiv dreinsehender junger Mann von etwa dreißig, hatte sandfarbenes Haar und weitgesetzte graue Augen, eine kleine Nase und einen schmalen Mund. Er war von Mittelgröße, stämmig und sah wie ein Sportler aus. Er trug einen Tweedanzug, der ihm nicht recht paßte, und noch weniger paßte die getupfte Krawatte dazu. Seine Schuhe schienen selten poliert zu werden. Mein erster Eindruck war der von jungenhafter Offenheit, und er gefiel mir. Aber in seiner ganzen Aufmachung hatte er etwas, das mich gleichzeitig zur Vorsicht mahnte, mich nicht gegen seine Sturheit zu stemmen.

Während er mit Vance sprach, schienen seine Augen etwas zu suchen. Vance, der ihn sehr genau beobachtete, sprach ihn dann in einem Ton an, der jeder Sympathie entbehrte, und das wunderte mich.

»Nein, es ist nicht das Militär, Mr. Salveter, sondern die Polizei. Ihr Onkel ist tot. Er wurde ermordet.«

»Onkel Ben?« Salveter schien wie betäubt zu sein. Aber dann legte sich seine Stirn in zornige Falten. »So! Das ist es also.« Er funkelte Dr. Bliss an. »Er hatte für heute früh eine Verabredung mit Ihnen, Sir. Wann und wie ist das passiert?«

»Ihr Onkel, Mr. Salveter, wurde mit der Statue der Sakhmet gegen zehn Uhr über den Kopf geschlagen«, erklärte ihm Vance. »Mr. Scarlett fand die Leiche hier zu Füßen von Anubis und unterrichtete mich davon. Ich wiederum gab dem Distriktsanwalt Bescheid. Das hier ist Mr. Markham, das Sergeant Heath vom Morddezernat.«

Salveter warf den beiden kaum einen Blick zu. »Verdammte Gewalttätigkeit!« murmelte Salveter und schob sein eckiges Kinn angriffslustig vor.

»Ja, eine Gewalttat...« Bliss hob den Kopf, und seine entmutigten Augen trafen auf die von Salveter. »Das ist das Ende unserer Ausgrabungen, mein Junge...«

»Ausgrabungen! Was liegt mir schon an denen! Ich will diesen Hund in die Hände bekommen, der das getan hat!« Er drehte sich zu Markham um. »Was kann ich tun, Sir, um Ihnen zu helfen?« Er hatte die Augen zu Schlitzen zusammengekniffen und sah wie ein gereiztes wildes Tier aus.

»Sie verschwenden zuviel Energie«, bemerkte Vance hochmütig. »Wissen Sie, ich kann mir Ihre Gefühle genau vorstellen. Aggressivität ist gelegentlich vonnöten, in der gegenwärtigen Situation jedoch überflüssig. Rennen Sie lieber ein paarmal um den Block herum, und wenn Sie sich abreagiert haben, können wir uns ruhig, höflich und beherrscht mit Ihnen unterhalten.«

Salveter warf Vance einen giftigen Blick zu, aber einen Vance konnte so leicht nichts aus dem Gleichgewicht bringen, Blicke am allerwenigsten.

Schließlich zuckte Salveter die breiten Achseln, und sogar ein winziges Lächeln flatterte um seinen Mund. »Brand gelöscht«, meldete er dann erstaunlich friedlich.

»Wann haben Sie heute früh das Haus verlassen, Mr. Salveter?« fragte Vance.

»Gegen halb zehn.« Salveter stand nun ganz entspannt da und hatte die Hände in den Jackentaschen. Er ließ zwar Vance nicht aus den Augen, doch von Aggressivität war keine Spur mehr zu bemerken.

»Ließen Sie da zufällig die Haustür offen oder nur einschnappen?«

»Nein. Warum auch?«

»Wissen Sie, Mr. Scarlett fand nämlich die Tür offen, als er zwischen zehn und halb elf ankam.«

»Ich hab' sie nicht offen gelassen. Die nächste Frage?«

»Sie gingen zum Metropolitan Museum, wie ich hörte. Haben Sie die Reproduktionen oder Informationen bekommen?«

»Ja.«

Vance sah auf die Uhr. »Jetzt ist es 1.35 Uhr. Das heißt, Sie waren vier Stunden weg. Gingen Sie zufällig die Zweiundachtzigste Straße hin und zurück?«

Salveter biß die Zähne zusammen und schaute Vance voll Abscheu an. »Ich bin weder den einen, noch den anderen Weg gegangen, vielen Dank.« Ich konnte nicht erraten, ob er tatsächlich Angst hatte, oder nur seine Ungeduld zu beherrschen versuchte. »Ich habe auf dem Hinweg den Bus genommen, für die Rückfahrt ein Taxi.«

»Also eine Stunde für beide Wege. Bleiben drei Stunden, um Ihre Informationen zu erhalten. Stimmt doch?«

»Mathematisch korrekt.« Salveter grinste höhnisch. »Zufällig besah ich mir nämlich auch noch das Grab des Per-neb. Da war kürzlich nämlich einiges Neue dazugekommen. Fünfte Dynastie...«

»Weiß ich. Ihr Interesse ist verständlich. Wie lange besahen Sie sich dieses Grab?«

»Mr. Vance, ich weiß nicht, was das mit Onkel Bens Tod zu tun hat und was Sie mit diesen Fragen wollen. Ich habe mich deshalb nicht besonders beeilt, weil ich wußte, daß Onkel Ben eine

Verabredung mit Dr. Bliss hatte, und ich dachte, es sei gerade richtig, wenn ich zum Lunch zurückkäme.«
»Da waren Sie aber noch nicht zurück.«
»Ich hatte zu warten, weil Mr. Lythgoe mit Lindsley Hall sprach und dann mit Dr. Reisner telefonierte, und ich hatte noch verdammtes Glück, daß ich jetzt schon da bin.«
Vance akzeptierte die Geschichte gleichmütig, stand auf, entnahm seiner Tasche ein kleines Notizbuch und suchte seine anderen Taschen nach einem Bleistift ab.
»Ach, wie ungeschickt! Mr. Salveter, hätten Sie einen Bleistift bei sich? Der meine scheint verschwunden zu sein.«
Da klickte bei mir etwas, denn ich wußte, daß Vance niemals mit einem Bleistift schrieb, sondern an seiner Uhrkette einen kleinen goldenen Füllfederhalter trug, den er immer benutzte.
»Mit Vergnügen.« Salveter griff in die Tasche und reichte Vance einen langen, sechseckigen gelben Bleistift.
Vance machte damit einige Notizen, und als er ihn zurückgeben wollte, schaute er ihn an und sah einen aufgedruckten Namen. »Ah, Mongol No. 1, nicht wahr? Diese Faber-482 sind sehr beliebt. Ausgezeichnet. Benützen Sie diese Stifte immer?«
»Nie etwas anderes.«
»Vielen herzlichen Dank.« Vance gab den Bleistift zurück und versenkte sein Notizbüchlein in der Tasche. »Und jetzt, Mr. Salveter, wäre ich Ihnen dankbar, wenn Sie in den Salon gehen und dort auf uns warten würden. Wir möchten dann gern noch ein paar Fragen an Sie stellen. Dort finden Sie übrigens auch Mrs. Bliss«, fügte er ganz nebenbei hinzu.
Salveter warf Vance einen raschen Blick aus den Augenwinkeln zu. »Oh, tatsächlich? Vielen Dank.« Er ging zu Bliss. »Es tut mir schrecklich leid, Sir. Ich weiß, welch ein Schlag das für Sie ist...«
Das, was er dann noch sagen wollte, behielt er für sich und ging gehorsam zur Vordertür.
Er hatte die Treppe etwa zur Hälfte erstiegen, als Vance ihn anrief. »Oh, Mr. Salveter, sagen Sie doch Hani, er soll kommen. Seien Sie so nett.«
Salveter nickte, ging aber weiter, ohne noch einmal umzuschauen.

7

Freitag, 13. Juli, 1.30 Uhr nachmittags

»Ich stehe Ihnen zu Diensten«, sagte Hani wenige Augenblicke später.

Vance hatte bereits einen zweiten Stuhl neben dem aufgestellt, auf den er vorher gestiegen war und lud nun Hani mit einer Handbewegung ein, zu ihm zu treten.

»Wir begrüßen Ihre leidenschaftliche Bereitschaft zur Zusammenarbeit«, sagte Vance. »Wären Sie jetzt so nett, auf diesen Stuhl zu steigen und mir genau zu zeigen, wohin Sie gestern die Statue der Sakhmet gestellt hatten?«

Ich beobachtete Hani genau und hätte schwören mögen, daß sich seine Brauen leicht runzelten. Aber sein Zögern fiel nicht auf. Er verbeugte sich und ging zum Schrank.

»Aber bitte, das Holz und auch den Vorhang nicht berühren«, mahnte Vance.

Ein wenig ungeschickt wegen des langen Kaftans stieg Hani auf den einen Stuhl, Vance auf den anderen.

Der Ägypter musterte den Schrankoberteil und deutete dann mit einem knochigen Finger auf eine Stelle nahe der Kante, etwa in der Mitte des Schrankes, der zweieinhalb Fuß breit war.

»Hier, Effendi«, sagte er. »Wenn Sie genau hinschauen, sehen Sie auch noch die Spur der Sakhmet im Staub.«

»Ah, ja«, antwortete Vance aufmerksam, studierte aber genau Hanis Gesicht. »Wenn man aber noch ein wenig genauer hinschaut, erkennt man weitere Spuren im Staub.«

»Vielleicht der Wind von jenem Fenster dort...«

Vance lachte. »Ihre Erklärung, Hani, ist ein wenig zu poetisch. Oder glauben Sie« — er deutete auf einen Punkt am Schrankrand —, »Ihr Samum hätte diesen Kratzer gemacht? Vielleicht haben Sie die Statue etwas zu unsanft abgestellt.«

»Das wäre möglich, wenn auch nicht wahrscheinlich.«

»Wahrscheinlich nicht, wenn man von Ihrer Verehrung für die rachsüchtige Dame ausgeht.« Vance stieg vom Stuhl herab. »Sakhmet scheint am Schrankrand direkt in der Mitte gestanden zu haben, als Mr. Kyle heute früh kam, um die neuen Schätze zu besichtigen.«

Wir hatten diese kleine Szene sehr genau beobachtet, Heath und Markham besonders fasziniert, und Scarlett hatte die Augen nicht von Vance genommen. Selbst Bliss, der doch ganz gebrochen war von der Tragödie und der für ihn daraus folgenden Hoffnungslosigkeit, war ihr sehr genau und aufmerksam gefolgt. Alle wußten wir, daß Vance etwas sehr Wichtiges entdeckt hatte. Ich wartete also sehr gespannt, was er uns sagen würde.

»Was hast du vor, Vance?« fragte Markham ungeduldig. »Sei doch nicht so dramatisch! Dafür ist jetzt wirklich nicht die richtige Zeit.«

»Ich befasse mich nur mit den subtileren Möglichkeiten dieses rätselhaften Falles«, erwiderte Vance. »Markham, mein Freund, meine Seele ist nun einmal nicht simpel konstruiert, und ich bin ein geschworener Feind des Offensichtlichen und der Plattheiten. Irgendwo in den Psalmen heißt es einmal, daß nichts so sei wie es aussähe, und das meine ich auch.«

Markham kannte Vance lange genug, auch sein etwas streitsüchtiges Ausweichen, wenn er auf einer Spur war, die er für fündig hielt. Deshalb stellte er keine Fragen, und außerdem wurde er daran sowieso gehindert.

Hennessey riß nämlich die Haustür auf und ließ Captain Dubois und Detektiv Bellamy ein, die beiden Fingerabdruckexperten.

»Tut mir leid, daß ich Sie warten ließ, Sergeant«, sagte Dubois zu Heath. »Ich hatte noch mit einem Safeeinbruch zu tun. Wie geht es, Mr. Markham? Und Mr. Vance ist ja auch da.« Letzteres hörte sich wenig begeistert an, denn er schien seine Schlappe im Mordfall ›Kanarienvogel‹ noch nicht vergessen zu haben.

»Viel ist hier nicht für Sie zu tun«, sagte Heath ungeduldig. »Schauen Sie sich nur mal diese schwarze Statue hier an.«

»Das dauert nicht lange«, bemerkte Dubois und beugte sich über die Dioritstatue der Sakhmet. »Was ist denn das? Eine surrealistische Figur, die nichts bedeutet?«

»Mir bedeutet sie nichts«, knurrte der Sergeant, »vor allem wenn Sie keine sauberen Fingerabdrücke daran finden.«

Dubois grunzte und winkte Bellamy heran, der sofort seine schwarze Handtasche öffnete. Dubois schützte die Statue mit einem großen Taschentuch und stellte sie vorsichtig auf den Stuhlsitz. Dann nahm er einen Zerstäuber aus der Tasche und besprühte die ganze Figur mit feinstem Puder. Alles Überflüssige blies er dann sorgfältig ab, klemmte sich eine Uhrmacherlupe ins Auge, kniete nieder und untersuchte die Statue außerordentlich sorgfältig.

Hani sah fasziniert zu. Er stand nur ein paar Schritte hinter den beiden Spezialisten, und seine Hände ließen seine außerordentliche Spannung erraten.

»Fingerabdrücke von mir werden Sie an Sakhmet nicht finden, Gentlemen«, sagte er leise und mit angestrengter Stimme. »Ich habe sie abpoliert. Auch andere Abdrücke werden Sie nicht finden. Die Göttin der Rache schlägt zu, wie sie es will, und keine menschliche Hand braucht ihr bei einem Akt der Gerechtigkeit zu helfen.«

Heath warf dem Ägypter einen verächtlichen Blick zu, aber Vance wandte sich interessiert zu ihm um.

»Woher wissen Sie, Hani, daß Ihre Handabdrücke nicht an der Statue zu sehen sein werden? Sie stellten sie doch gestern auf den Schrank.«

»Jawohl, Effendi. Aber ich stellte sie voll Verehrung dorthin. Als ich sie auspackte, polierte ich sie ganz. Dann nahm ich sie in die Hände und stellte sie oben auf den Schrank, wie Dr. Bliss es wollte. Als sie dann oben war, sah ich, daß meine Hände ihren Glanz getrübt hatten, und deshalb polierte ich sie erneut mit weichem Leder, so daß sie rein und unberührt, wenn auch unendlich traurig auf die gestohlenen Schätze dieses Raumes herabblicken konnte. Als ich sie verließ, war kein Abdruck an ihr.«

»Jetzt sind Fingerabdrücke dran, mein Freund«, erklärte Dubois ungerührt. Mit einer starken Lupe untersuchte er die dicken Fußknöchel der Statue. »Und verdammt sauber sind sie auch noch. Sieht aus, als stammten sie von dem, der sie hinaufgehoben hat. Beide Hände an den Knöcheln. Bellamy, gib mir mal die Kamera her.«

Bliss war aus seiner Lethargie wieder ziemlich erwacht und hatte seine Aufmerksamkeit auf den Ägypter konzentriert. Als Dubois feststellte, daß Fingerabdrücke da seien, starrte er intensiv die Statue an. Er war völlig verändert und schien von einer furchtbaren Angst verzehrt zu werden. Er sprang auf.

»Gott helfe mir!« rief er. »Es sind meine Fingerabdrücke an der Statue!«

Sogar Vance schien darüber erschüttert zu sein und drückte seine eben erst angerauchte Zigarette aus. Heath nahm seine kalte Zigarette aus dem Mund und schob sein Kinn vor.

»Klar sind's Ihre Abdrücke. Von wem sollten sie denn sonst sein?«

»Moment, Sergeant«, warf Vance ein, der sich schon wieder gefangen hatte. »Fingerabdrücke können in die Irre führen, wissen Sie. Ein paar Abdrücke auf einer Waffe bedeuten noch lange nicht, daß ihr Urheber ein Mörder ist. Wir müssen, und das ist sehr wichtig, erst einmal feststellen, unter welchen Umständen diese Abdrücke entstanden sind.«

Er ging zu Bliss, der völlig gebrochen dasaß. »Doktor, woher wissen Sie, daß es Ihre Abdrücke sind?«

Bliss war leichenblaß. »Ah, wissen Sie ... heute früh, ehe ich zu Bett ging, hielt ich die Statue so, wie dieser Herr es eben beschrieb. Ich dachte mir gar nichts dabei. Natürlich nicht. Als ich nämlich den Finanzbericht fertig hatte, war es drei Uhr früh, und da ging ich ins Museum herunter. Ich hatte ja Kyle von der neuen Lieferung erzählt und wollte mich überzeugen, daß hier alles in Ordnung war. Sehen Sie, es hing ja soviel von dem Eindruck ab, den diese neuen Schätze auf ihn machten! Ich schaute mir die Sachen im Schrank an und zog dann den Vorhang wieder zu. Dann stellte ich fest, daß die Statue der Sakhmet nicht genau in der Schrankmitte stand, sondern seitlich verschoben. Deshalb griff ich hinauf und rückte sie in die Mitte, und da faßte ich sie an den Knöcheln an.«

Da wurde er von Scarlett unterbrochen: »Verzeihung, Vance, aber so etwas ist bei Dr. Bliss ganz normal. Er ist von pedantischer Ordnungsliebe, und wir machen darüber unsere nicht böse gemeinten Witze. In der Beziehung können wir ihm nichts recht machen. Er schiebt immer alles an die richtige Stelle.«

Vance nickte. »Dann ist es also so zu verstehen, daß Dr. Bliss die Statue unweigerlich zurechtrückte, wenn sie nicht ganz korrekt stand, nicht wahr? Vielen Dank.« Vance wandte sich wieder an Dr. Bliss. »Sie rückten also die Statue der Sakhmet zurecht und faßten sie dabei an den Knöcheln an, nicht wahr? Dann gingen Sie zu Bett?«

»Ja, das ist die Wahrheit, so wahr mir Gott helfe!« Er atmete tief. »Ich drehte das Licht ab und ging hinauf. Bis Sie an meine Tür trommelten, habe ich dann keinen Fuß mehr in das Museum gesetzt.«

Heath schien mit der Geschichte nicht zufrieden zu sein. Er wollte offensichtlich an Bliss' Schuld glauben. »Aber das mit dem Alibi ...«

»Ich denke, Sergeant«, unterbrach ihn Markham diplomatisch, »es wäre besser, Captain Dubois würde erst einmal diese Fingerabdrücke sichern. Dann wissen wir genau, ob es nur die Abdrücke von Dr. Bliss sind. Können Sie das jetzt tun, Captain?«

»Klar.« Er nahm sein Abdruckgerät aus der Tasche. »Die Daumenabdrücke dürften genügen.« Er färbte den Roller ein, rollte ihn auf der Glasplatte ab und bat Bliss, seinen Daumenabdruck zu geben. Bliss tat es wortlos, und dann untersuchte Dubois die Abdrücke mit seiner Uhrmacherlupe.

»Scheinen die gleichen zu sein... Mal nachprüfen...« Er kniete neben der Statue nieder und verglich die beiden Abdrücke mindestens eine Minute lang mit aller Sorgfalt. »Es sind die gleichen, kein Zweifel möglich. Und andere sind an der Statue nicht zu finden.« Er deutete auf Bliss. »Das hier ist der einzige Mensch, der die Statue in der Hand gehabt hat, soweit ich es sehen kann.«

»Das ist mir verdammt recht«, knurrte Heath und lächelte grimmig. »Lassen Sie mir schnellstens Vergrößerungen machen. Ich hab' das Gefühl, die brauchen wir. Und vielen Dank, Captain.«

Die beiden Spezialisten packten ihre Sachen wieder zusammen und verließen ziemlich geräuschvoll das Museum.

Heath paffte seine frische Zigarre und blies gewaltige Rauchwolken von sich. »Na, Sir, das näht die Sache doch einwandfrei zusammen?« fragte er Vance, dann wandte er sich an Markham. »Bei Ihnen liegt's, Sir. Kyle ist mit der Statue erschlagen worden, und wer mit ihr zuschlug, mußte sie an den Knöcheln halten. Also? Ich frag' Sie, Mr. Markham, wird einer seine eigenen Fingerabdrücke abwischen und nur die vom Doktor dranlassen? Selbst wenn er gewollt hätte, es wär' ihm nicht möglich gewesen.«

»Wie wissen Sie denn, Sergeant, daß der Mörder von Mr. Kyle wirklich die Statue geschwungen hat?« fragte Vance.

»Na, aber... Sie glauben doch nicht im Ernst, daß die Dame mit dem Löwenkopf dem alten Knaben von hinten an den Kopf gesprungen ist, oder?«

»Nein, das nehme ich nicht an, und ich glaube auch nicht, daß der Mörder seine Fingerabdrücke abwischte und nur die von Dr. Bliss zurückließ. Aber sehen Sie, ich meine, für die Widersprüche in diesem erstaunlichen Fall müßte es einige Erklärungen geben.«

»Vielleicht«, meinte Heath großmütig. »Ich gehe eben immer von Fingerabdrücken und sonstigen einwandfreien Beweisen aus.«

»Das kann sehr gefährlich werden, Sergeant«, gab Vance zu bedenken. »Ich bezweifle sehr, daß Sie auf Grund Ihrer Beweise ein Urteil gegen Dr. Bliss bekämen. Es ist doch alles viel zu dumm. Kein einigermaßen intelligenter Mensch läßt, wenn er einen Mord begeht, seine Fingerabdrücke so offensichtlich zurück. Mr. Markham wird mir darin sicher recht geben.«

»Es ist was dran, an dem, was du sagst«, antwortete Markham. »Aber andererseits, Vance...«

»Entschuldigung, Gentlemen, ich muß mal schnell zu Hennessey«, sagte Heath und war auch schon verschwunden.

Bliss hob den Kopf, als er sah, daß Heath gegangen war. »Dieser Detektiv hat sich ja schon eine feste Meinung gebildet«, stellte er düster fest. »Ich muß ja auch wohl seinen Standpunkt anerkennen. Alles hat sich gegen mich verschworen!« Er sprach voll großer Bitterkeit. »Wenn ich nur nicht eingeschlafen wäre! Dann wüßte ich wenigstens, was das alles zu bedeuten hat. Meine Skarabäus-Nadel, der Finanzbericht, diese Fingerabdrücke... Oh, verdammt, verdammt!« Er stemmte die Ellbogen auf die Knie und stützte sein Kinn in die Fäuste. Er bot wirklich ein Bild äußerster Verzweiflung.

»Ja, es ist verdammt, Doktor«, gab Vance zu. »Aber gerade darin liegt, glaube ich, unsere Hoffnung auf eine Lösung.«

Markham, Scarlett, Vance und Hani gingen oder standen herum. Hennessey war an der Tür erschienen und stand wenig später auf dem Treppenabsatz. Eine Hand steckte vielsagend in seiner rechten Jackentasche.

Dann schwang die Tür oben an der Wendeltreppe auf, und Heath erschien am Eingang zu Dr. Bliss' Studio. Eine Hand hielt er hinter dem Rücken versteckt, und er ging direkt zu Bliss. Plötzlich schoß seine Hand vorwärts. Er hielt ihm einen weißen Segeltuchtennisschuh entgegen.

»Ist das der Ihre, Doktor?« bellte er.

»Warum... Nun, ja, das ist meiner.«

»Hab' ich mir's doch gedacht!« Der Sergeant ging zu Markham und zeigte ihm die Schuhsohlen. Ich erkannte ein Gitterwerk an der Sohle und ein Muster aus flachen Kreisen am Absatz. Was mich aber wie mit einer Eiseshand anrührte, war die Tatsache, daß die ganze Sohle rot war — offensichtlich von getrocknetem Blut.

»Diesen Schuh habe ich im Studio gefunden, Mr. Markham«, berichtete Heath. »Er war in Zeitungspapier eingewickelt und lag ganz unten im Papierkorb — versteckt, denn allerhand anderes Zeug lag darauf.«

Markham sah vom Schuh zu Bliss, dann zu Vance. »Ich glaube, das genügt jetzt. Mir bleibt nichts anderes übrig, als...«

Bliss sprang auf und lief auf den Sergeanten zu. »Was ist? Was hat dieser Schuh mit Kyles Tod zu tun?« rief er. Dann sah er das Blut. »Du mein Gott!« stöhnte er.

Vance legte ihm eine Hand auf die Schulter. »Sergeant Heath fand hier Fußspuren, Doktor. Sie stammten von einem Ihrer Segeltuchschuhe.«

»Wie ist das möglich? Ich ließ doch diese Schuhe gestern in meinem Schlafzimmer und kam in der Frühe mit diesen Hausschuhen herunter. Mr. Vance, in diesem Haus geht etwas ganz Teuflisches vor!«

»Ja, etwas sehr Teuflisches. Aber seien Sie versichert, Dr. Bliss, ich werde es herausfinden, was immer es auch ist...«

»Entschuldige, Vance, ich weiß zwar, daß du Dr. Bliss für nicht schuldig hältst, aber ich habe eine Pflicht zu erfüllen. Mit Rücksicht auf die vorliegenden Beweise muß ich handeln, denn sonst würde ich die Leute, die mich gewählt haben, betrügen. Und schließlich könntest du dich ja irren«, fügte er betont freundlich hinzu. »Meine Pflicht läßt mir keine andere Wahl.«

Er nickte Heath zu. »Sergeant, nehmen Sie Dr. Bliss in Arrest und klagen Sie ihn des Mordes an Benjamin H. Kyle an.«

8

Freitag, 13. Juli, 2 Uhr nachmittags

Solche Momente hatte ich schon öfter erlebt; immer hatte Vance sich jedoch eine zynische, überlegene Art bewahrt. Diesmal war er grimmig und außerordentlich ernst. Seine kalten grauen Augen umwölkten sich, und er rammte seine Fäuste in die Jackentaschen.

Seine Augen blieben an Hani hängen, obwohl er ihn gar nicht zu sehen schien. Er schien ganz in dem Gedanken aufzugehen, wie er den großen Ägyptologen vor der Verhaftung retten könne.

Heath dagegen grinste breit, als ihm Markham den Befehl erteilte. Er rief zu Hennessey hinauf, dieser solle Snitkin sagen, er solle sofort die Polizeiwache um einen Wagen anrufen.

Dann stand Heath da und beobachtete Bliss wie eine Katze die Maus, die vielleicht einen Versuch machen könnte, mit einem Satz die Freiheit zu gewinnen. Wäre die Situation nicht gar so tragisch gewesen, hätte sie komödienhaft gewirkt.

»Schicken Sie den Doktor sofort in das Präsidium«, befahl Markham. »Dafür übernehme ich die Verantwortung.«

»Ist mir schon recht, Sir«, antwortete der Sergeant vergnügt.

»Später werd' ich dann mit diesem Burschen da selbst noch ein Wörtchen zu reden haben.«

Bliss hielt sich bemerkenswert gut, nachdem die Entscheidung gefallen war. Er saß hoch aufgerichtet da und schaute wie unbeteiligt zum Fenster hinaus. Nichts mehr von geduckter Angst war an ihm zu erkennen. Dafür bewunderte ich ihn außerordentlich.

Scarlett stand wie gelähmt und mit offenem Mund da. Er sah seinen Chef mit einem Ausdruck ungläubigen Entsetzens an. Hani schien von allem gänzlich unberührt zu sein.

Vance wurde immer grüblerischer. Dann ging er unvermittelt zum letzten Schrank, lehnte an der Statue des Anubis und ließ seine Augen von einer Seite zur anderen gehen.

Dann nahm er sich wieder Heath vor. »Sergeant, ich möchte noch einmal diesen Tennisschuh anschauen.« Seine Stimme klang leise und ungewöhnlich angestrengt.

Heath griff in die Tasche und zog den Schuh heraus. Vance nahm ihn, klemmte sich das Monokel ins Auge und untersuchte die Sohle. Dann gab er den Schuh zurück.

»Der Doktor hat übrigens mehr als einen Fuß«, stellte er fest. »Wo steckt der zweite Schuh?«

»Danach habe ich nicht gesucht«, sagte Heath. »Der da hat mir schon gereicht. Es ist der rechte Schuh, der auch die Spuren verursacht hat.«

»Natürlich.« Der gelangweilte Ton, in dem Vance das sagte, ließ mich vermuten, daß er innerlich wieder viel ruhiger war. »Trotzdem wüßte ich gern, wo der andere Schuh ist.«

»Keine Angst, Sir, den finde ich schon noch.« Heath schien seiner Sache völlig sicher zu sein. »Sobald der Doktor im Präsidium ist, muß ich noch ein bißchen rumschnüffeln.«

»Typisch Polizei«, murmelte Vance. »Erst einen Mann einlochen, dann ermitteln. Feine Praktiken sind das.«

Markham war von dieser Bemerkung tief getroffen. »Mir scheint, Vance, daß die bisherigen Ermittlungen schon zu klaren Ergebnissen geführt haben«, sagte er ziemlich verärgert. »Was wir sonst noch finden können, wird unsere Beweise nur noch stützen.«

»Ah, tatsächlich? Man stelle sich so was vor!« Vance lächelte großmütig. »Ich stelle fest, daß du unter die Wahrsager gegangen bist. Ich bin ja kein Hellseher, mein lieber Markham, aber ich kann ein wenig klarer in die Zukunft schauen. Ich versichere dir, wenn die Ermittlungen so fortgeführt werden, gibt es keine weiteren Beweise gegen Bliss. Du wirst, ganz im Gegenteil, noch staunen, was da alles herauskommt.«

Er trat einen Schritt näher an Markham heran und sprach nun leiser mit ihm. »Siehst du denn nicht, Markham, daß du dem Mörder direkt in die Hände spielst? Kyles Mörder plante die Sache so, daß du genau das tun mußtest, was du nun tust. Und ich sagte dir ja schon, daß du mit diesen ungeheuerlichen Beweisen nie ein Urteil gegen Bliss bekommen wirst.«

»Meine Pflicht ist mir genau vorgezeichnet«, erwiderte Markham. »Ich fürchte aber, Vance, du hast dich von deinen eigenen Theorien ganz einfach überwältigen lassen.«

Hennessey und Emery kamen in diesem Moment herein.

»Hier, nehmt den Vogel mit nach oben«, befahl ihnen der Sergeant. »Er soll sich was anziehen, dann bringt ihr ihn hierher zurück. Aber ein bißchen fix, ja?«

Bliss ging mit den beiden Polizisten, und Markham wandte sich an Scarlett.

»Sie warten jetzt besser im Salon. Ich möchte jeden vernehmen, und ich glaube, Sie können uns einige Informationen geben. Nehmen Sie aber Hani mit.«

»Ich werde alles tun, was ich kann«, antwortete Scarlett, »aber ich fürchte, Sir, Sie machen einen schrecklichen Fehler.«

»Dafür muß ich meinen Kopf selbst hinhalten«, bemerkte Markham kalt.

Scarlett und Hani verließen das Museum durch die große Stahltür. Vance ging vor der Wendeltreppe ungeduldig auf und ab. Eine ungeheuer gespannte Atmosphäre herrschte im Raum. Heath studierte mit gezwungener Neugier die Statue der Sakhmet. Markham schaute geistesabwesend vor sich hin.

Bald kehrten die beiden Detektive mit Bliss zurück, und gleichzeitig meldete Snitkin, daß der Wagen da sei. Die drei Männer gingen nur wenige Schritte, als Vance unvermittelt »Halt« rief.

Seine Stimme war scharf wie ein Peitschenschlag. »Markham, das kannst du nicht tun! Das ist alles nur eine Farce! Du stellst dich selbst als schrecklichen Dummkopf hin!«

So wütend hatte ich Vance noch nie gesehen, denn sonst war er immer die Gelassenheit in Person. Markham war denn auch ziemlich verblüfft.

»Zehn Minuten brauche ich. Es gibt da etwas, das ich noch herausfinden möchte. Und ein Experiment wäre zu machen. Wenn du dann noch nicht überzeugt bist, kannst du mit diesem dämlichen Arrest weitermachen.«

Heath lief rot an vor Wut. »Mr. Markham, wir haben doch . . .«, protestierte er, doch Markham ließ ihn nicht ausreden. Er schien von Vances außerordentlichem Ernst beeindruckt zu sein.

»Zehn Minuten machen nichts aus. Wenn Mr. Vance einen Beweis hat, von dem wir nichts wissen, würde ich gern jetzt davon erfahren. Gut, du sollst deine zehn Minuten haben, Vance. Hat es etwas mit dem zu tun, was du oben am Schrank gefunden hast?«

»Oh, sehr viel sogar. Danke für dein Entgegenkommen. Ich möchte jedoch vorschlagen, daß deine beiden Schergen den Doktor in die vordere Halle bringen und ihn dort behalten, bis sie neue Weisungen bekommen.«

Markham gab die nötigen Anweisungen, und als wir allein waren, ging Vance zur Wendeltreppe. »Ich verspüre den leidenschaftlichen Wunsch, des Doktors Studio zu inspizieren. Ich habe eine leise Ahnung, daß wir dort etwas recht Erstaunliches finden könnten.« Er ging die Treppe hinauf, und wir drei folgten ihm — Markham, Heath und ich.

Es war ein geräumiges Zimmer von etwa zwanzig Fuß im Quadrat. Es hatte zwei große Fenster nach hinten hinaus und ein kleineres nach Osten, das auf einen winzigen Hof ging. An den Wänden standen einige massive Bücherschränke, und in den Ecken waren hohe Stapel der verschiedensten Schriften aufgetürmt. Neben der zur Halle führenden Tür stand ein langer Diwan, zwischen den beiden großen Fenstern ein riesiger Mahagonischreibtisch mit einem kissenbelegten Drehstuhl davor. Um den Schreibtisch standen noch ein paar andere Stühle, Beweise offensichtlich der Konferenz des vorhergehenden Abends.

Der ganze Raum wirkte ungemein ordentlich und sauber, denn sogar die Papierstapel und Bücher waren genau ausgerichtet. Die einzige Unordnung hatte Heath angerichtet, als er den Papierkorb auf der Suche nach dem Tennisschuh ausleerte. Die Vorhänge an den großen Fenstern waren offen, und die Sonne schien herein.

Vance blieb unter der Tür stehen und schaute sich um. Seine Augen nahmen die Stellung der einzelnen Stühle auf, besonders die des Drehstuhls, der einige Fuß vom Tisch entfernt stand. Er musterte die dick gepolsterte Tür zur Halle und die zugezogenen Vorhänge des kleinen Seitenfensters. Dann ging er zum Fenster und hob die Blende an — das Fenster war zu.

»Komisch«, bemerkte er. »Ein so schwüler Tag wie heute und

das Fenster geschlossen. Markham, vergiß das nicht. Natürlich hast du bemerkt, daß im Haus nebenan genau gegenüber auch ein Fenster ist.«

»Und was könnte das bedeuten?« fragte Markham gereizt.

»Ach, weißt du, ich habe nicht die geringste Ahnung — außer, hier ging etwas vor, und der oder die Anwesenden wollten die Nachbarn nicht wissen lassen, was es war. Die Bäume im Hof lassen kein Spionieren durch die großen Fenster zu.«

»Ha! Der Doc schließt das Seitenfenster und zieht die Blenden zu, damit ihn keiner kommen und gehen oder den Schuh verstekken sieht«, feixte Heath. »Eins zu null für uns!«

»Sehr vernünftig gedacht, Sergeant«, meinte Vance und nickte. »Aber die Gleichung könnte sich vielleicht um eine Dezimalstelle verschieben. Warum, zum Beispiel, hat Ihr schuldiger Doktor nicht nach der Tat sofort das Fenster aufgerissen und die Blende in die Höhe gezogen? Warum sollte er weitere Beweise für seine Schuld liefern?«

»Mr. Vance, ein Kerl, der einen Mord begeht, kann nicht an alles denken«, erklärte der Sergeant dickköpfig.

»Das Ärgerliche an diesem Verbrechen ist die Tatsache, daß der Mörder an zuviel dachte. Er war in dieser Hinsicht sehr verschwenderisch.«

Er trat zum Tisch. An einem Ende lag ein niederer gestärkter Umlegekragen mit einer dunkelblauen breiten Krawatte. »Aha! In dieser Krawatte, die er während der Konferenz abnahm, hat also der Skarabäus gesteckt. Da könnte doch einer die Nadel mitgenommen haben, oder?«

»Das hast du schon mal gesagt«, knurrte Markham. »Und außerdem wissen wir's auch von Scarlett. Entschuldige, Vance, wenn ich diese Bemerkung nicht gerade für einen Geistesblitz halte.«

»Es war ja auch nur eine Bemerkung ganz nebenbei«, bemerkte Vance und schob mit dem Schuh den verstreuten Papierkorbinhalt herum. »Ich würde ja furchtbar gern wissen, wo der andere Tennisschuh ist. Dann, glaube ich, wüßten wir mehr.«

»Im Papierkorb ist er nicht, sonst hätte ich ihn ja gefunden«, sagte Heath.

»Ah! Aber warum war er nicht im Papierkorb? Sehen Sie, Sergeant, über diesen Punkt müßte man ein wenig nachdenken.«

»Vielleicht war kein Blut dran, und deshalb mußte er ja nicht versteckt werden.«

»Trotzdem erstaunt es mich, daß der makellose linke Schuh viel besser versteckt ist als der verdächtige rechte war. Hier ist er bestimmt nicht.« Während er sprach, hatte er schnell und geschickt den Raum nach dem fehlenden Schuh abgesucht.

Plötzlich zeigte Markham wieder Interesse. »Ich sehe, was du meinst und finde es auch ziemlich seltsam. Hast du eine Erklärung dafür?«

»Wir wollen lieber erst den Schuh finden, statt uns in Spekulationen zu verlieren. Sergeant, lassen Sie sich doch von Brush in des Doktors Schlafzimmer führen. Vielleicht finden Sie dort den fehlenden Schuh. Der Doktor sagte ja, er habe oben Tennisschuhe angehabt und kam heute früh mit Hausschuhen herunter.«

Heath schien wenig davon zu halten, zuckte aber dann die Achseln und ging in die Halle hinaus.

»Wenn der Sergeant den Schuh oben findet«, sagte Vance, »ist das ein ziemlich sicherer Beweis dafür, daß der Doktor heute früh die Tennisschuhe nicht trug, denn wir wissen, daß er, nachdem er zum Frühstück heruntergekommen war, nicht mehr nach oben ging.«

»Wer hat dann aber den anderen Schuh heute früh heruntergebracht und später in den Papierkorb gesteckt? Und wie kam das Blut dran? Natürlich hat der Mörder den Schuh getragen, den Heath hier fand.« Markham war, wie man sah, recht perplex.

»Meine Theorie ist die, daß der Mörder nur einen Schuh mitnahm und den anderen oben ließ«, erklärte Vance.

»Das ist doch unvernünftig!«

»Entschuldige, da bin ich anderer Meinung«, widersprach ihm Vance. »Mir erscheint das viel vernünftiger als alles, was du als schlagenden Beweis ansiehst.«

Heath stürmte herein und hatte den linken Tennisschuh in der Hand. Er war erregt, sah aber trotzdem recht verwirrt drein. »Er war tatsächlich oben, am Fuß des Bettes. Wie kam er denn dorthin?«

»Vielleicht hat ihn der Doktor gestern tatsächlich oben getragen, wie er sagte.«

»Und wie, zum Teufel, kommt dann der andere Schuh runter?« Der Sergeant hielt nun die beiden Schuhe in der Hand und musterte sie voll entsetztem Abscheu.

»Wenn Sie wissen, wer den Schuh am Morgen herunterbrachte, dann wissen Sie auch, wer Kyle ermordet hat. Im Moment würde es uns zwar wenig nützen...«, bemerkte Vance.

»Vance, ich glaube trotzdem, daß du wieder mal aus einer Maus einen Elefanten machst«, stellte Markham aggressiv fest. »Dr. Bliss kann doch ganz einfach die Tennisschuhe mit in sein Studio genommen haben, und einer ist ihm aus der Hand gefallen. Und das hat er dann eben nicht sofort bemerkt.«

»Und dann«, fuhr Vance grinsend fort, »hat er einen Haus- und einen Tennisschuh angezogen, Kyle ermordet, den einen Tennisschuh auch noch ausgezogen und dafür den zweiten Hausschuh angezogen, und den Tennisschuh hat er in den Papierkorb gestopft.«

»Möglich wäre es.«

»Möglich ja«, gab Vance seufzend zu, »aber unwahrscheinlich. Der Doktor ist so pedantisch ordentlich, wie du siehst, daß er da bestimmt nichts übersehen würde. Und mit einem Haus- und einem Tennisschuh kam er sicher nicht herunter. Wie wäre dann der zweite Hausschuh heruntergekommen?«

»Vielleicht weiß es Brush«, schlug Vance vor, ging zur Tür der Halle und rief hinaus, der Butler möge kommen.

Brush war jedoch keine Hilfe. Er erklärte, niemand sei dem Studio auch nur in die Nähe gekommen, als Bliss um acht Uhr erschien, und er sei die einzige Ausnahme gewesen, als er um neun das Frühstück brachte. Er hatte keine Ahnung, welche Schuhe Dr. Bliss getragen hatte.

Als der Butler gegangen war, zuckte Vance die Achseln. »Wir wollen doch nicht über die Schuhe streiten«, meinte er. »Ich habe euch doch nur deshalb ins Studio gelotst, weil ich die Reste vom Frühstück des Doktors sehen wollte.«

»Du lieber Himmel! Glaubst du also...? Aber dann kamen all die anderen Beweise...«

Heath sah verständnislos von einem zum anderen. »Er hat doch geschlafen?«

»Ja, natürlich. Er war wie betäubt, und das hat Mr. Markham ebenso bemerkt wie ich. Und deshalb bin ich so an seinem Kaffee interessiert.« Ein kleines Silbertablett stand noch an der einen Tischseite. Der Toast war nicht angerührt worden, aber die Tasse war praktisch leer. Nur ein paar Tropfen Kaffeesatz waren noch am Tassenboden. Vance hob sie an die Nase.

»Riecht leicht scharf«, stellte Vance fest, tippte mit dem Finger in den Satz und legte ihn auf die Zunge. »Ja, genau das, was ich dachte. Opium. Das pulverisierte Opium, das man in Ägypten benützt.«

»Angenommen, es war tatsächlich Opium im Kaffee — was hat das zu bedeuten?« wandte Heath ein.

»Wer weiß?« antwortete Vance. »Das könnte die Verwirrung des Doktors erklären, auch daß er so lange brauchte, bis er mir auf mein Klopfen öffnete. Und natürlich, daß jemand es absichtlich in seinen Kaffee tat. Ich drücke im Moment keine Meinung aus, ich weise nur auf das Vorhandensein der Droge hin. Das eine kann ich aber ganz bestimmt sagen: Der Doktor machte heute früh einen solchen Eindruck, daß ich vermutete, in seinem Studio müsse ein Opiat zu finden sein — pulverisiertes Opium, da ich ja die Verhältnisse in Ägypten kenne. Opium macht auch sehr durstig, und deshalb war ich gar nicht erstaunt, daß der Doktor um Wasser bat. Markham, verändert diese Entdeckung etwas an des Doktors Status?«

»Das ist sicher ein starkes Argument«, gab Markham zu. Es ließ sich nicht leugnen, daß er sehr perplex war, aber noch immer wollte er an Bliss' Schuld glauben, weil er noch keinen anderen Täter hatte.

»Nun, das Opium muß natürlich erklärt werden. Aber wir wissen nicht, wieviel er nahm, oder auch wann. Er kann den Kaffee auch nach dem Mord getrunken haben. Wir haben ja nur seine Aussage, daß er ihn um neun getrunken hat. Nein, es verändert sich grundsätzlich gar nichts, obwohl natürlich sehr schwerwiegende Fragen offen sind. Aber die Beweise ... Siehst du, Vance, daß Opium in der Tasse war, heißt noch nicht, daß er von neun an schlief, bis du an die Tür klopftest.«

»Der perfekte Staatsanwalt«, seufzte Vance. »Ein tüchtiger Verteidiger würde diese ganzen Beweise restlos zerpflücken. Aber jetzt etwas anderes: Angenommen, es war gar nicht nötig, daß der Mörder in der Nähe des Museums war, als Kyle mit der Statue der Sakhmet getötet wurde.«

»Was meinst du damit nun wieder?« fragte Markham ungeduldig. »Wie soll die Statue von einer abwesenden Person geschwungen werden? Das ist doch Unsinn, mein lieber Vance.«

»Vielleicht«, gab Vance besorgt und bedrückt zu. »Trotzdem ... Markham, das, was ich oben auf dem Schrank fand, läßt mich gewiß sein, daß der Mord mit teuflischer Gerissenheit geplant worden war. Ich werde ein Experiment machen. Die Entscheidung liegt dann natürlich bei dir. Dieses Verbrechen ist schrecklich und subtil zugleich. Alle Äußerlichkeiten sind dazu bestimmt, absichtlich in die Irre zu führen.«

»Wie lange wird das Experiment dauern?« erkundigte sich Markham, der von Vances Ernst sehr beeindruckt zu sein schien.

»Nur ein paar Minuten.«

Heath hatte aus dem Papierkorb ein Zeitungsblatt genommen und wickelte die Tasse darin ein. »Das geht jetzt an den Chemiker«, sagte er. »Mr. Vance, ich zweifle nicht an dem, was Sie sagen, aber ich will eine fachmännische Analyse haben.«

»Damit haben Sie völlig recht, Sergeant.«

In diesem Moment fiel Vances Blick auf ein kleines Bronzetablett auf dem Schreibtisch, das einige gelbe Bleistifte und eine Füllfeder enthielt. Vance beugte sich darüber, schaute die Bleistifte genau an und legte sie zurück. Das bemerkte Markham ebenso wie ich, doch er stellte keine Fragen.

»Das Experiment muß im Museum gemacht werden«, sagte Vance. »Und ich brauche dazu ein paar Sofakissen.«

Er nahm vom Diwan zwei größere Kissen, ging zur Stahltür und hielt sie auf. Wir gingen alle die Treppe hinab.

9

Freitag, 13. Juli, 2.15 Uhr nachmittags

Vance ließ die beiden Kissen dort auf den Boden fallen, wo Kyles Leiche gelegen hatte. Dann schaute er zum Schrank hinauf. »Oh, verdammt ... Wenn ich nicht recht behielte, stürzte der ganze Fall über meinem Kopf zusammen«, murmelte er.

Aber dann drückte er seine Zigarette aus, kehrte zum Schrank zurück und winkte Markham und Heath zu sich. »Schaut euch bitte diesen Vorhang an«, sagte er. »Ihr werdet beobachten, daß der Messingring an einem Ende von der Stange gerutscht ist und jetzt herunterhängt.«

Ja, es war deutlich zu sehen, daß der Vorhang an der linken Seite durchhing.

»Außerdem ist der Vorhang vor diesem Schrank nicht ganz zugezogen. Es scheint, jemand habe den Vorhang vorzuziehen versucht und dann aus irgendeinem Grund damit aufgehört. Das kam mir schon heute früh ziemlich merkwürdig vor, denn Hani hatte behauptet, er habe den Vorhang ganz vorgezogen, weil im Schrank eine solche Unordnung geherrscht habe. Und Bliss hat ja Kyle telefonisch gesagt, die neuen Sachen seien in dem Schrank mit dem vorgezogenen Vorhang. Man muß nun, wenn man den Vorhang aufziehen will, nur eine Armbewegung machen, das heißt, man nimmt die linke Ecke und zieht sie nach rechts. Die Metallringe gleiten glatt über die Vorhangstange.

Aber was finden wir hier? Der Vorhang ist nur halb zugezogen. Kyle hat ihn sicher nicht nur halb geöffnet, um den Inhalt anzuschauen. Also muß jemand den Vorhang auf halbem Weg zum Halten gebracht haben, und Kyle starb, ehe er den Vorhang ganz aufziehen konnte ... Markham, bist du mir gefolgt?«

Markham nickte, und auch Heath war gespannte Aufmerksamkeit.

»Kyle wurde vor diesem Schrank tot aufgefunden, weil die schwere Statue der Sakhmet ihn erschlagen hatte. Hani hat sie, wie wir wissen, auf den Schrank gestellt. Als ich sah, daß der Vorhang ein Stück offen und der erste Messingring über die Stange herabgeglitten war, dachte ich darüber nach, weil ich ja wußte, wie pedantisch Dr. Bliss ist. Wäre der Ring schon gestern abend von der Vorhangstange gerutscht gewesen, hätte es Dr. Bliss zweifellos bemerkt. Ich glaube also, daß jemand absichtlich den Ring von der Stange geschoben hat. Zu welchem Zweck, wird sich noch erweisen.

Ich habe eine ziemlich klar umrissene Theorie darüber, und die hatte ich schon, als ich erfuhr, daß Hani die Statue auf den Schrank gestellt hatte. Der halb zugezogene Vorhang und der herabgerutschte Messingring bestätigen diese Theorie.«

»Ich verstehe«, bestätigte Markham. »Deshalb hast du ja den Schrank oben untersucht und dir von Hani zeigen lassen, wo genau er die Statue hingestellt hatte.«

»Genauso ist es. Hani bestätigte meinen Verdacht, als er mir zeigte, wohin er die Statue gestellt hatte. Diese Stelle war ein paar Fingerbreiten vom Schrankrand entfernt. Am Rand selbst ließ sich ein Kratzer feststellen und eine Staubspur, die besagte, daß die Statue nach vorn geschoben worden war, nachdem Hani sie hinaufgestellt hatte.«

»Aber Dr. Bliss gab doch zu, er habe sie zurechtgerückt, als er zu Bett ging«, wandte Markham ein.

»Er hat sie zurechtgerückt, sagte er, aber er hat sie ein Stückchen seitlich zur Mitte verschoben. Die Ziehspur der Statue geht aber direkt nach vorn zur Kante, dorthin hat sie also jemand geschoben, *nachdem* Dr. Bliss sie in die Mitte gerückt hatte. Es ist nicht unvernünftig, dies anzunehmen.«

»Ich glaube ja auch, daß es genau so war, wie Mr. Vance sagt«, bemerkte Heath. »Aber was hat der ganze Hokuspokus mit dem Fall zu tun?«

»Das möchte ich auch herausbekommen, Sergeant«, erwiderte Vance lächelnd. »Vielleicht gar nichts, vielleicht aber auch...«

Vance hob die Statue auf — sie war tatsächlich etwa dreißig Pfund schwer —, stieg auf den Stuhl und stellte sie sehr sorgfältig genau an den Rand des Schrankes auf die gut sichtbaren Staubspuren. Dann zog er den Vorhang zu. Schließlich nahm er den freien Messingring in die linke Hand und zog den Vorhang zurück, bis der Ring zur linken Seite der Statue geglitten war, kippte die Dioritdame nach rechts und schob den Messingring darunter.

Dann griff er in die Tasche und nahm den Gegenstand heraus, den er oben auf dem Schrank gefunden hatte.

»Es war ein kurzer Bleistift, sorgfältig zugeschnitten. Wollen mal sehen, wie die Falle funktioniert.«

Dann kippte er die Statue leicht vorwärts und schob das Bleistiftstück unter das hintere Ende der Statue. Nun lehnte uns die Statue entgegen; das Gleichgewicht war noch gegeben, jedoch sehr wackelig. Der genau zugeschnittene Bleistift hatte die exakte Länge, die Statue zwar zu kippen, aber nicht umzuwerfen.

»Bis jetzt stimmt meine Theorie jedenfalls«, stellte Vance fest und stieg vom Stuhl herab. »Jetzt das Experiment.«

Er schob den Stuhl weg und legte die beiden Sofakissen an die Stelle, wo Kyles Kopf zu Füßen von Anubis gelegen hatte. Dann sah er Markham an.

»Schau dir einmal genau den Vorhang an, besonders den losen Messingring unter dem Statuenrand; dann auch die gefährliche Lage unserer Rachelady. Und dann stell dir vor, wie Kyle heute früh kam. Er wollte die Schätze besichtigen und bat Brush, Dr. Bliss nicht zu stören.

Ich weiß nicht, ob die Falle wirkt, aber ich stelle meine Theorie als Möglichkeit zur Verfügung. Wenn nämlich Dr. Bliss' Verteidiger beweisen können, daß eine andere Person, die gar nicht am Tatort war, Kyle ermorden konnte, dann fällt deine Anklage gegen Bliss wie ein Kartenhaus zusammen.«

Er ging zur Statue des Anubis, hob den linken Vorhangrand an und drückte sich an die Westwand des Museums.

»Nehmen wir an, Kyle habe etwa so gestanden und den Vorhang zur Seite gezogen. Nun, was wäre dann geschehen, wenn die Falle tatsächlich so vorbereitet war?«

Mit einem scharfen Ruck zog er den Vorhang nach rechts. Er glitt über die Stange, bis er sich an dem Messingring fing, der unter die Statue der Sakhmet geklemmt war. Dieser Ruck brachte die Statue aus ihrem schon sehr wackeligen Gleichgewicht, so daß sie mit einem schweren Plumps auf die Sofakissen stürzte, genau dort, wo Kyles Kopf gelegen hatte.

Wir alle schwiegen eine Weile. Markham musterte sehr nachdenklich die Statue. Heath war eindeutig verblüfft. Mit einer solchen Möglichkeit hatte er offensichtlich nicht gerechnet, und Vance hatte mit diesem Experiment fast all seine Theorien über den Haufen geworfen.

»Nicht wahr, das Experiment hat geklappt?« stellte Vance fest. »Kyle konnte also auch getötet worden sein, während er sich allein im Museum aufhielt. Kyle war nicht sehr groß, und der Höhenunterschied zwischen dem Schrank und Kyles Kopf reichte, um dem Sturz der Statue eine tödliche Wucht zu verleihen. Sie *mußte* ihn am Kopf treffen, wenn er vor dem Schrank stand, und das tat er sicher, wenn er den Vorhang aufzog. Also konnte Kyle durchaus mit dieser sorgfältig geplanten Falle getötet worden sein.

Markham, du mußt zugeben, daß damit dein stärkstes Argument gegen Dr. Bliss hinfällig ist — Gelegenheit und unmittelbare Nähe. Im Zusammenhang mit dem Opium in seinem Kaffee gibt ihm das ein überzeugendes, wenn auch nicht absolutes Alibi.«

»Ja, es ist nicht daran zu zweifeln, daß da einiges für den Doktor spricht«, gab Markham zu. »Ein geschickter Anwalt könnte alles, was gegen den Doktor vorgebracht werden kann, in winzige Fetzchen zerpflücken...«

»Und dann noch etwas. Der Skarabäus kann von irgend jemand dorthin praktiziert worden sein, absichtlich natürlich. Während er im Opiumschlaf lag, war es leicht möglich, die Nadel von seinem Schreibtisch zu nehmen, denn sein Studio ist ja nie abgesperrt. Der Finanzbericht lag auch bereit. Und die blutigen Fußabdrücke — jedes Mitglied des Haushalts konnte einen Tennisschuh aus Bliss' Schlafzimmer holen, ihn ins Blut tauchen, die Abdrücke machen und den Schuh, in Zeitungspapier eingewickelt, in den Papierkorb stecken. Und das geschlossene Ostfenster mit der herabgelassenen Blende — die Nachbarn durften ja nicht sehen, was im Studio vorging, nicht wahr?

Ich bin kein Staranwalt, Markham, aber ich würde Dr. Bliss ohne zu zögern sofort vor jedem Gerichtshof vertreten und ihm einen glatten Freispruch garantieren.«

»Hm. Die Falle und das Opium im Kaffee werfen neue Lichter auf den Fall«, gab Markham sehr nachdenklich zu. »Da kann also jeder schuldig sein. Sergeant, was meinen Sie?«

»Ich werd' verrückt«, bekannte Heath nach einer Pause. »Da war ich doch der Meinung, der ganze Fall sei wasserdicht verpackt, und Mr. Vance braucht nur am Schnürchen zu ziehen, schon purzelt der ganze Zauber durcheinander.« Er warf Vance einen mißmutigen Blick zu. »Ehrlich, Mr. Vance, Sie hätten Anwalt werden sollen.« In der Bemerkung lag bissige Verachtung.

Markham mußte unwillkürlich lächeln, doch Vance schüttelte den Kopf. »Habe ich diese Beleidigung verdient, Sergeant?« beklagte er sich. »Ich versuche doch nur, Sie und Mr. Markham vor einer Riesenblamage zu retten. Und was ist der Dank dafür? Man sagt mir, ich hätte Anwalt werden sollen!«

»Aber es spricht noch immer eine ganze Menge gegen Bliss«, beharrte Heath.

»Richtig, Sergeant. Ich fürchte aber, keiner der Beweise hält einer genauen Nachprüfung stand.«

»Dann müßte also der Mörder die Falle so gestellt haben, daß sie eindeutig auf Bliss hinwies«, bemerkte Markham.

»Solche Dinge sind doch üblich! Die meisten Mörder versuchen den Verdacht auf einen anderen zu lenken. Und die angeblichen Beweise im vorliegenden Fall haben doch denselben Zweck.«

»Aber bevor ich Dr. Bliss laufen lassen kann, muß ich einen Beweis dafür haben, daß gegen ihn ein Komplott geschmiedet wurde«, wandte Markham ein.

»Und der Arrest?«

Markham zögerte. »Natürlich kann ich ihn jetzt nicht mehr verhaften«, gab er schließlich zu. »Aber die gegen ihn vorliegenden Beweise kann ich auch nicht einfach unbeachtet lassen. Ich werde also Bliss unter genaue Überwachung stellen. Sergeant, sagen Sie Ihren Leuten, sie sollen den Doktor freilassen. Aber ich verlange, daß man ihn Tag und Nacht nicht aus den Augen läßt.«

»Das paßt mir ausgezeichnet, Sir«, antwortete Heath.

»Und sagen Sie Dr. Bliss, er darf das Haus nicht verlassen, ehe ich es ihm ausdrücklich erlaube.«

Freitag, 13. Juli, 2.30 Uhr nachmittags

»Die Sache wird immer komplizierter«, seufzte Markham.
»Noch viel komplizierter, als du glaubst«, erwiderte Vance. »Oberflächlich gesehen sah der Fall so aus, wie der Täter es beabsichtigte; in Wirklichkeit ist es einer der raffiniertesten Fälle, die mir je untergekommen sind.«
»Hast du eine Ahnung, was gespielt wird?«
»Sicher. Eine vage Ahnung, wenn sich auch der Kern noch nicht herausgeschält hat. Aber alles stützt bisher meine Theorie, und deshalb haben wir, glaube ich, gute Aussichten, die Wahrheit herauszufinden.

Vor allem müssen wir das Motiv entdecken. Es muß sich um eine fixe Idee handeln, um die auf sehr fantasievolle, subtile Weise alle weiteren Umstände gruppiert sind. Ich bin überzeugt, daß der Mord selbst erst noch zu viel Teuflischerem führen sollte, zu einem wahren, richtigen Ende. Ein sauberer, schneller Mord läßt sich manchmal menschlich rechtfertigen oder wenigstens verstehen; hier aber wurde ein Verbrechen begangen, das als gemeine und höllische Waffe gegen eine unschuldige Person eingesetzt wurde, um sie zu vernichten.«
»Angenommen, es stimmt alles, was du sagst, wie sollen wir dann vorgehen, ohne die Mitglieder dieses Haushalts ausführlich zu vernehmen?«
»Wir fragen einen aus, der genügend Abstand hat, aber die Leute genau kennt«, schlug Vance vor. »Scarlett. Er weiß zweifellos viel mehr, als er bisher gesagt hat. Er ist seit zwei Jahren bei Bliss, war mit ihm in Ägypten, kennt die Familiengeschichte; es gibt einige Punkte, die er sicher klären kann.«
»Vance, ich merke schon, du hast einen ganz bestimmten Plan. Gut. Ich lasse Scarlett holen, damit wir ihn ausfragen können.«

In dem Moment kam Heath zurück und gab einen kurzen Lagebericht. Ich habe den Sergeanten kaum einmal so entmutigt gesehen wie jetzt. »Komischer Vogel, dieser Bliss«, bemerkte er. »Hat kein Wort gesagt, als ich ihm erklärte, er sei nicht verhaftet.«
»Unter den Ägyptologen gibt es viele komische Vögel«, tröstete ihn Vance. »Seien Sie doch so nett und holen Sie Scarlett her«, bat er.

Vance stellte einige Stühle zurecht. Ich hatte den Eindruck,

Vance messe dieser Besprechung sehr große Bedeutung zu, wenn ich auch nicht ahnte, wie er vorzugehen gedachte. Bald wurde mir jedoch alles klar. Das, was Vance von Scarlett erfuhr, war von größter Bedeutung.

Ohne lange Vorreden erklärte Vance ihm, daß Dr. Bliss nicht verhaftet sei, weil die Beweise dafür bei weitem nicht ausreichten und einander widersprächen. Weitere Ermittlungen seien nötig, ehe entscheidende Schritte unternommen werden könnten.

Scarlett war darüber sehr erleichtert. »Es ist ganz ausgeschlossen, daß Bliss seinen Wohltäter ermordet hat«, sagte er. »Es ist mir zwar ein Rätsel, was da geschehen ist...«

»Ja, ein Rätsel«, murmelte Vance. »Wir müssen das Motiv entdecken. Deshalb wenden wir uns an dich. Du kennst diesen Haushalt, stehst aber am Rand und kannst daher viel unvoreingenommener die Wahrheit abschätzen als alle anderen. Fang mal bitte ganz von vorn an mit der Beziehung zwischen Kyle und dem Vater von Mrs. Bliss.«

»Die Geschichte ist ziemlich romantisch, gleichzeitig aber auch einfach. Meryts Vater, der alte Abercrombie, arbeitete in Ägypten am Museum in Kairo. Er verliebte sich in eine koptische Dame und heiratete sie. Zwei Jahre später wurde Meryt geboren. Kurz vor ihrer Geburt lernte Kyle die koptische Dame kennen, in die er sich sehr heftig verliebte, doch da Kyle ein Gentleman war, trat er ihr nicht unschicklich zu nahe. Als die Dame bei Meryts Geburt starb, übertrug er die Liebe zur Mutter auf die Tochter, wurde ihr Pate und kümmerte sich um sie, als sei sie sein eigenes Kind. Kyle war rührend.

Bliss lernte Meryt kennen, als sie dreizehn war, und ihr Vater starb wenige Jahre später. Sie wurde dann von Hani, einem langjährigen Diener der Familie, väterlich betreut, und wieder einige Jahre später begegnete ihr Bliss erneut und heiratete sie. Damals war sie dreiundzwanzig. Bliss brachte sie mit nach Amerika und nahm auch Hani mit, der inzwischen Unterinspektor der ägyptischen Regierung geworden war. Das ist ungefähr die Vorgeschichte. Wolltest du das wissen?«

»Ja, genau. Kyle war also an Mrs. Bliss deshalb interessiert, weil er ihre Mutter geliebt hatte und der Freund ihres Vaters war. Deshalb hat er ja vermutlich auch die Expeditionen von Dr. Bliss finanziert, nicht wahr?«

»Diese Annahme dürfte korrekt sein.«

»Weißt du zufällig auch, ob Kyle Mrs. Bliss in seinem Testament bedacht hat?«

»Soviel ich weiß, hat er Meryt ein beträchtliches Vermögen vermacht, doch das weiß ich nur von Hani, der darüber sehr glücklich war, weil er mit fast hündischer Liebe und Verehrung an ihr hängt.«

»Und Salveter?«

»Auch ihn hat er großzügig bedacht. Kyle war ja nicht verheiratet und Salveter sein einziger Neffe. Er mochte ihn auch sehr gern. Ich nehme an, daß Meryt und Salveter etwa gleich viel erben.«

Vance wandte sich an Markham. »Könntest du darüber etwas Genaueres erfahren?«

»Ich werde es versuchen. Sobald die Nachricht von Kyles Tod durch die Presse geht, werden sich seine Anwälte rühren. Ich setze etwas Druck dahinter.«

Vance sprach nun wieder mit Scarlett. »Du hast mir doch gesagt, Kyle habe kürzlich begonnen, an den Expeditionskosten herumzumäkeln. Gibt es dafür einen anderen Grund als den, daß die Ergebnisse erst immer später sichtbar werden?«

»Nein... Aber diese Expeditionen sind immer verteufelt teuer, deshalb auch problematisch. Welchen Wert sie schließlich haben, stellt sich sehr viel später heraus. Kyle wurde ungeduldig, und im vergangenen Jahr erklärte er, wenn die neuen Ausgrabungen keine entsprechenden Ergebnisse brächten, würde er die Gelder streichen. Deshalb war es dem Doktor ja auch gestern nacht so wichtig, Kyle den Finanzbericht zu zeigen und die neuen Schätze vorzuführen.

Kyle mochte Bliss jedoch sehr gern und schätzte ihn ungeheuer, während Bliss ihm natürlich außerordentlich dankbar war. Nein, von der Seite her gibt es kein Motiv.«

»Was erhoffte sich Bliss von der Unterredung mit Kyle?«

»Er dachte da ziemlich philosophisch, nahm die Dinge eher so, wie sie kamen. Seine Selbstkontrolle ist bemerkenswert — immer der ernsthafte Gelehrte. Verstehst du, was ich meine?«

»Recht gut. Was wäre dann gewesen, wenn Kyle die Zuschüsse eingestellt hätte?«

»Schwer zu sagen. Vielleicht hätte er einen anderen Geldgeber gesucht, denn er hatte schon umfangreiche Vorarbeiten geleistet, noch ehe er Inteps Grab betreten hatte.«

»Und wie hat sich Salveter verhalten?«

»Er war viel aufgeregter als der Doktor. Salveter ist mit ungeheurer Begeisterung dabei und hat seinen Onkel ständig bekniet, er solle doch seine Finanzierungen weiterführen. Ihm wäre beinahe das Herz gebrochen. Ich hörte, er hätte sogar auf sein Erbe verzichtet, nur damit Kyle die Expeditionen hätte weiterführen lassen.«

»An Salveters Ernsthaftigkeit zweifle ich ja nicht. Wie steht aber Mrs. Bliss zur Arbeit ihres Mannes?«

»Oh, Meryt ist sehr loyal. Sie machte eine Expedition mit, lebte im Zelt und schien sehr glücklich zu sein. In letzter Zeit, das muß ich zugeben, hat ihr Interesse allerdings nachgelassen. Vielleicht schlägt ihr ägyptisches Blut durch, und sie mißbilligt die sogenannte Entweihung der alten Gräber durch westliche Barbaren. Darüber gesprochen hat sie allerdings nie. Dafür ist sie Bliss gegenüber viel zu loyal.«

»Ich meine, Hani hat großen Einfluß auf sie«, vermutete Vance. »Dr. Bliss mißbilligt ihn schärfstens, wie wir ja heute vormittag selbst gehört haben. Er beschuldigte Hani sogar ganz offen, Mrs. Bliss' Geist zu vergiften.«

»Nun, ja, die Liebe zwischen den beiden war nie groß, und Bliss hat ihn nur deshalb mit nach Amerika genommen, weil Meryt darauf bestand. Er ist der Meinung, Hani spioniert ihn im Auftrag der ägyptischen Regierung aus. Ob das stimmt, weiß ich nicht, aber Meryt ist absolut in Ordnung. Vielleicht sieht sie ein, daß sie einen Fehler machte, als sie den viel älteren Dr. Bliss heiratete, der völlig in seiner Arbeit aufgeht, aber sie steht zu ihrem Entschluß. Sie ist wie ein Vollblutpferd.«

»Ah? So! Und damit komme ich zu einer delikaten Frage: Glaubst du, daß Mrs. Bliss irgendwelche — hm — außereheliche Interessen hat? Daß sie eventuell emotionell an einen anderen gebunden ist als an ihren Mann?«

Scarlett sprang entrüstet auf. »Aber wirklich, Vance! Darüber spricht man doch nicht, denn das ist doch . . .«

»Die Situation ist alles andere als normal, also müssen wir darüber sprechen. Aber wenn du gar so empfindlich bist, ziehe ich die Frage zurück. Bist du vielleicht selbst an der Dame interessiert?«

Scarlett funkelte Vance wütend an, doch ehe er noch etwas sagen konnte, ergriff Vance wieder das Wort. »Ein Mann wurde ermordet, Scarlett, und ein anderes Menschenleben steht auf dem Spiel. Ich versuche herauszufinden, wer diese Untat begangen hat, um einen Unschuldigen vor dem elektrischen Stuhl zu bewahren. Deshalb werde ich nicht zulassen, daß mir altjüngferliche Tabus im Weg stehen. Unter normalen Umständen fände ich deine Haltung bewundernswert. Jetzt ist sie ausgesprochen dumm.«

Scarlett dachte ein wenig darüber nach. »Du hast recht. Ich werde dir alles sagen, was ich weiß.«

Vance nickte. »Ich glaube, das hast du schon getan. Vielleicht muß ich später noch einmal auf dich zurückkommen. Jetzt kannst du zum Mittagessen gehen.«

Scarlett seufzte erleichtert und ging.

»Nun, hast du von Scarlett etwas erfahren, was dir weiterhilft?« fragte Markham. »Sehr viel Licht hat er ja nicht in die Sache gebracht.«

»Oh! Scarlett war außerordentlich aufschlußreich, möchte ich sagen. Jetzt haben wir wenigstens einen sicheren Ausgangspunkt, wenn wir die Mitglieder des Haushalts unter die Lupe nehmen. Ja, ich glaube, dieses Verbrechen hatte den bestimmten Zweck, eine unschuldige Person zu belasten, um sie auszuschalten.«

»Ich glaube, ich weiß, was du meinst«, antwortete Markham nach einer Weile. »Es ist durchaus möglich ... Eine Frage, Vance: War das Bleistiftstück, das du oben auf dem Schrank gefunden hast, ein Mongol No. 1?«

»Nein, kein Mongol, sondern ein Koh-i-noor aus der Tschechoslowakei. Die beiden sehen gleich aus.«

»Und die Bleistifte auf dem Schreibtisch des Doktors?«

Vance seufzte. »Diese Frage habe ich gefürchtet, denn du bist immer gleich so impulsiv. Es waren Koh-i-noors.«

»Nun, ein sehr überzeugender Beweis ist ein Bleistift sowieso nicht, weil ja praktisch jeder Zugang zum Studio hatte«, meinte Markham.

Vance grinste wie ein Kobold. »Ah, eine solche Aufgeschlossenheit bei einem Distriktsanwalt finde ich direkt erstaunlich«, stellte er fest.

Freitag, 13. Juli, 2.45 Uhr nachmittags

Markham überhörte die Ironie. Allmählich fühlten alle, auch Heath, die subtilen und schrecklichen Unterströmungen dieses Verbrechens.

»Und was halten Sie von dem Opium im Kaffee?« fragte Heath.

Markham spitzte die Lippen. »Wir müssen, denke ich, herausfinden, wer Bliss dieses Opium verpaßt haben könnte. Was meinst du, Vance?«

»Eine bestechende Idee, denn es besteht kein Zweifel daran, daß jener, der Bliss das Opium verpaßt hat, auch Kyle auf seine letzte Reise schickte. Die Schlüsselfrage ist die, wer die Möglichkeit hatte, an Bliss' Kaffee heranzukommen.«

»Sergeant, holen Sie mal den Butler«, sagte Markham. »Aber führen Sie ihn durch das Studio, damit die Leute im Salon ihn nicht sehen.«

Wenig später war Brush da; er war sehr blaß und völlig verkrampft, doch er verbeugte sich korrekt und hielt sich wie ein perfekter Diener.

»Ich versteh' es ja recht gut, Brush, daß Sie völlig durchgedreht sind«, sagte Vance, »aber es ist für Sie und uns besser, wenn Sie sich beruhigen.«

»Jawohl, Sir.« Er setzte sich auf eine Stuhlkante und umgriff seine mageren Knie mit den Händen. »Seit fünfzehn Jahren stehe ich in Dr. Bliss' Dienst, und nie vorher ...«

»Ausnahmen gibt es immer und überall, und ich glaube, Brush, Sie könnten uns den Weg zur Wahrheit in dieser grauenvollen Affäre zeigen. Erzählen Sie uns einmal etwas über die Frühstücksgewohnheiten in diesem Haus.«

»Die Familie frühstückt gewöhnlich unten im Frühstückszimmer. Es liegt im Untergeschoß, und Mrs. Bliss hat es ägyptisch eingerichtet. Nur Lunch und Dinner werden oben im Speisezimmer serviert. Um acht Uhr schlage ich den Gong zum Frühstück, um halb neun wird es serviert.«

»Und wer erscheint um diese unchristliche Zeit?«

»Dr. Bliss, Mrs. Bliss, Mr. Salveter und Mr. Hani.«

»Ißt Mr. Hani mit der Familie?«

»Nein, Sir. Ich kenne ja Mr. Hanis Status in diesem Haus nicht genau, wenn Sie wissen, was ich damit meine. Dr. Bliss behandelt ihn als Dienstboten, und doch nennt er dessen Frau mit Vornamen. Er nimmt seine Mahlzeiten in einem Alkoven neben der Küche ein, und das ist Mrs. Dingle und mir auch lieber.«

»Frühstückt auch Mr. Scarlett manchmal mit der Familie?«

»Ziemlich oft sogar, besonders dann, wenn er im Museum arbeitet.«

»Kam er auch heute früh?«

»Nein, Sir.«

»Hani war, wie er sagte, den ganzen Morgen über in seinem Zimmer, Dr. Bliss in seinem Studio, Mrs. Bliss und Mr. Salveter haben demnach allein gefrühstückt. Ist das richtig?«

»Jawohl, Sir. Erst kam gegen halb neun Mrs. Bliss herunter, dann ein paar Minuten später Mr. Salveter. Dr. Bliss sagte mir um acht, er habe zu arbeiten, und ich solle nicht auf ihn warten. Mrs. Dingle servierte, und sonst war niemand im Haus.«

»Wie wird der Kaffee zubereitet?«

»Dr. Bliss hat seinen sehr stark gerösteten Spezialkaffee, und der wird in einer Kaffeemaschine zubereitet, die ein Mittelding ist zwischen Filter und Samowar. Diese Maschine steht auf dem Frühstückstisch. Der Kaffee wird, wenn er durchgetropft ist, mit einem Spiritusbrenner warm gehalten, und dann dreht man einen kleinen Hahn auf und füllt die Tasse. Der Kaffee wird immer am Morgen frisch gemahlen und von Mrs. Dingle in die Maschine gefüllt.«

»Ah, das kann ich mir genau vorstellen. Könnte man da am Kaffee herumpfuschen, bevor er entnommen wird?«

»Herumpfuschen?« fragte Brush erstaunt.

»War ja auch nur ein flüchtiger Gedanke. Wie war das sonst mit dem Frühstück?«

»Ich bringe es nur hinein und ziehe mich sofort wieder in die Küche zurück. Den Kaffee gießt dann Mrs. Bliss ein. Heute früh bat sie mich, Mr. Hani eine Tasse hinaufzubringen. Das war kurz vor neun.«

»Und das Frühstück für Dr. Bliss?«

»Er wollte Kaffee und Toast ins Arbeitszimmer gebracht bekommen, und um neun Uhr trug ich es auch hinauf.«

»Sind dann Mrs. Bliss und Mr. Salveter zusammen weggegangen?«

»Das weiß ich nicht. Als ich von Mr. Hani herunterkam und das Frühstück zu Dr. Bliss hinauftragen wollte, waren beide weg.

Ich schenkte den Kaffee für Dr. Bliss ein und ging in die Küche, um den Toast zu holen.«

»Also war das Frühstückszimmer wohl etwa fünf Minuten lang leer, nicht wahr? Gut. Hörten Sie in dieser Zeit etwas?«

»Ich habe nicht aufgepaßt, Sir, weil ich telefonierte, um die tägliche Bestellung aufzugeben. Ich halte es aber nicht für möglich, daß während dieser fünf Minuten jemand im Frühstückszimmer war.«

»Hani konnte auch nicht unten gewesen sein?«

»Nein, als ich ihm den Kaffee brachte, lag er auf dem Sofa. Er hatte diesen gestreiften Kaftan an, den er zu Hause immer trägt. Er fühlte sich nicht wohl.«

»Fiel Ihnen an dem Kaffee, den Sie Dr. Bliss brachten, etwas auf?«

»Nein, Sir. Sicher nicht. Er war vielleicht ein wenig stark und sehr schwarz, aber so will ihn ja Dr. Bliss haben.«

Vance stand auf. »Ich möchte mir mal diese merkwürdige Kaffeemaschine ansehen«, sagte er. »Vielleicht hilft sie uns weiter.«

Aber die Maschine schaute Vance dann kaum an, doch er bemerkte sofort, daß jemand, der das Frühstückszimmer betreten wollte, von der Küche aus nicht gesehen werden konnte, denn die Küchentür lag hinter dem Treppenhaus. Das fand Vance sehr aufschlußreich, und Brush bestätigte es ihm auch.

Brush erklärte dann, er habe den Salon aufgeräumt und wenig später, also gegen halb zehn, Mrs. Bliss die Haustür geöffnet, als sie wegging, um Einkäufe zu machen. Salveter sei etwa zwanzig Minuten später weggegangen und habe gesagt, er sei zum Lunch wieder zurück.

Das Wort ›Lunch‹ löste bei Vance deutliche Hungergefühle aus, und Brush erbot sich, einen Imbiß zu bringen. Wenig später kam er auch mit Mrs. Dingle, einer ruhigen, fülligen Frau von etwa fünfzig, wieder zurück.

»Ah, Mrs. Dingle«, sagte Vance. »Brush hat Ihnen ja von diesem schrecklichen Unfall erzählt, der . . .«

»Unfall?« unterbrach ihn Mrs. Dingle. »Wissen Sie, mich wundert ja, daß das nicht schon lange passiert ist. Der junge Mr. Salveter im Haus, Mr. Scarlett hängt dauernd hier herum, und der Doktor beschäftigt sich ständig nur mit seinen alten Mumien. Aber daß ausgerechnet dieser reizende Mr. Kyle dran glauben mußte . . .«

»Wem hätte sonst etwas passieren sollen?« fragte Vance.

»Das geht mich nichts an, aber hier, das ist nicht natürlich. Wenn ich eine hübsche Nichte hätte, die einen alten Mann heiraten will, dann würde ich zu ihr sagen...«

»Ich bin überzeugt, Ihr Rat wäre großartig, Mrs. Dingle«, unterbrach Vance sie. »Ich wüßte gern Ihre Ansicht über die Familie Bliss.«

»Die hab' ich Ihnen gesagt.« Mit einem sichtbaren Klick schloß sie den Mund. Sie war nicht zu bewegen, sich weiter darüber zu äußern.

»Etwas anderes, Mrs. Dingle: Hörten Sie in diesem Raum etwas, nachdem Mrs. Bliss und Mr. Salveter nach oben gegangen waren, während Sie also den Toast für das Frühstück von Dr. Bliss machten?«

»Aha, das wollen Sie wissen.« Sie überlegte. »Möglich, aber bestimmt kann ich nichts sagen. Ich hab' nicht aufgepaßt... Aber ich glaube, ich hab' gehört, daß jemand eine Tasse aus der Kaffeemaschine aufgefüllt hat. Ich dachte natürlich, es sei Brush, aber da kam er vom Telefon und fragte mich nach dem Toast. Da wußte ich, daß er's nicht gewesen sein konnte.«

»Was dachten Sie sich dabei?«

»Nichts.«

Vance nickte und bat Brush, jetzt Tee und Toast zu bringen. »Und, bitte, noch einen Behälter, damit ich den Kaffeerest aus der Maschine mitnehmen kann«, fügte er hinzu.

»Da ist nichts mehr drinnen«, erklärte Mrs. Dingle. »Ich hab' die Maschine um zehn Uhr gereinigt und poliert.«

12

Freitag, 13. Juli, 3.15 Uhr nachmittags

Brush hatte den Tee serviert, und dann bat Vance ihn, Hani zu holen. Ein paar Minuten später war er da.

Vance bot ihm Platz an, doch Hani blieb stehen. Er war der typische Orientale, stolz, geradezu kolossal in seiner Haltung.

»Mr. Scarlett sagte mir, Mrs. Bliss sei in Mr. Kyles Testament gut bedacht worden, und diese Information stamme von Ihnen«, begann Vance.

»Ist es nicht selbstverständlich, daß Mr. Kyle für seine Patentochter sorgt?« erwiderte Hani ruhig. »Er liebte Meryt-Amen wie ein Vater.«

»Wann erfuhren Sie das, und wer wußte sonst noch davon?«

»Ich erfuhr es schon vor Jahren in Anwesenheit von Dr. Bliss. Natürlich wußte es auch Meryt-Amen und Mr. Salveter, später auch Mr. Scarlett.«

»Nun, ein besonders diskreter Mensch scheinen Sie ja nicht zu sein, wenn Sie's jedem erzählten«, meinte Vance.

»Es war ja auch kein Geheimnis.«

»Wissen Sie, ob auch Mr. Salveter im Testament bedacht ist?«

»Das weiß ich nicht sicher, doch ich schloß es aus verschiedenen Bemerkungen Mr. Kyles. Er hatte den jungen Mann sehr gern.«

»Und er steht Mrs. Bliss altersmäßig viel näher als Dr. Bliss, nicht wahr?«

Hanis Augen flackerten, und er schien kurz zusammenzuzucken. Er schwieg aber dazu wie eine Sphinx.

»Mrs. Bliss und Mr. Salveter werden beide jetzt also sehr reich sein ... Aber was ist jetzt mit den Ausgrabungen von Dr. Bliss?«

»Mit denen wird Schluß sein, Effendi.« Seine Stimme klang deutlich triumphierend. »Warum sollen die heiligen Ruheplätze unserer edlen Pharaos weiter geplündert werden?«

»Das weiß ich auch nicht«, gab Vance zu, der die ägyptische Kunst nicht so hoch schätzte wie die chinesische und griechische. »Aber vielleicht will Mrs. Bliss die Finanzierung der Arbeit ihres Mannes übernehmen?«

Hanis Gesicht umwölkte sich. »Das wäre möglich, denn Meryt-Amen ist eine sehr treue Frau.«

»Das hörte ich schon von Leuten, die mehr von Frauen verstehen als ich«, bemerkte Vance fast frivol. »Aber vielleicht ist auch Mr. Salveter, der begeisterte Ägyptologe, bereit, den Finanzengel zu spielen? Sie würden natürlich Mrs. Bliss davon abraten, die Ausgrabungen ihres Gatten zu finanzieren, oder?«

»Nein, Effendi. Ich würde es nicht wagen, ihr einen Rat zu geben, denn sie weiß selbst, was sie will, und ihre Entscheidung wird sowieso von dem bestimmt, was Dr. Bliss wünscht.«

Da Vance das Gefühl zu haben schien, Hani weiche ihm aus, schnitt er ein anderes Thema an.

»Mrs. Bliss ließ Ihnen heute früh durch Brush eine Tasse Kaffee hinaufschicken, da Sie unpäßlich waren. Was fehlte Ihnen?«

»Seit ich in dieses Land kam, leide ich unter Verdauungsstörungen«, antwortete er.

»Außerordentlich bedauerlich«, murmelte Vance mitleidig. »Und Sie waren der Meinung, eine Tasse Kaffee genüge Ihnen?«

»Ja, Effendi. Ich war nicht hungrig.«

»Ah! Ich dachte, Sie seien nach unten gekommen, um sich eine zweite Tasse Kaffee zu holen.«

Hanis Miene wurde mißtrauisch, dann verschlossen. »Eine zweite Tasse? Hier im Frühstücksraum? Ich wußte gar nichts davon, Effendi.«

»Ist auch unwichtig. Aber jemand war heute früh mit der Kaffeemaschine allein, und derjenige hat auch mit Mr. Kyles Tod zu tun.«

»Wie ist das möglich, Effendi?« fragte Hani.

»Mrs. Dingle glaubte zu hören, daß jemand Kaffee aus der Maschine in eine Tasse laufen ließ. Ich dachte, das könnten Sie gewesen sein. Natürlich kann auch Mrs. Bliss oder Mr. Salveter ...«

»Ich war es«, erklärte Hani mit Nachdruck. »Nachdem Mrs. Bliss nach oben gegangen war, kam ich herunter, um mir noch eine Tasse Kaffee zu holen. Ich hatte das früher nicht für wichtig gehalten, und daher war es mir entfallen.«

»Das passiert, und es erklärt einiges. Würden Sie uns nun auch noch sagen, wer im Haus Opiumpulver besitzt?«

»Ich verstehe nicht ganz ...«

»In Dr. Bliss' Kaffeetasse von heute morgen wurde Opium gefunden«, erklärte ihm Vance. »Was wissen Sie über das Verbrechen, Hani?« forschte Vance eindringlich.

Wie ein Schleier fiel es über Hanis Gesicht. »Ich weiß nichts«, erwiderte er mürrisch.

»Aber Sie wissen, wer Opiumpulver besitzt.«

»Das weiß ich, denn es gehört zur Expeditionsapotheke. Bliss Effendi hat es in Verwahrung. In der Halle oben ist ein Schrank, wo alle Medikamente aufbewahrt werden.«

»Würden Sie mal bitte nachsehen, ob das Opium noch oben ist? Oder ist der Schrank verschlossen?«

»Soviel ich weiß, nicht.« Hani verbeugte sich und ging.

»Was willst du eigentlich mit Hani?« fragte Markham. »Dem Burschen traue ich nicht, und aus dem holst du nichts heraus.«

»Er hat mehr verraten, als er glaubt, und ich bin überzeugt, daß die Opiumbüchse verschwunden ist.«

»Mir scheint, es wäre besser, einer von uns würde nach dem Opium schauen«, schlug Heath vor. »Dem Burschen trau ich nicht.«

»Ihm nicht, aber seinen Reaktionen«, verriet ihm Vance. »Und ich schickte ihn mit einer bestimmten Absicht nach oben.«

Vance ging zum Fenster, als Hanis Schritte zu hören waren. Unter halbgeschlossenen Lidern beobachtete er gespannt die Tür.

Der Ägypter kam mit wahrer Leidensmiene herein. Er stellte eine kleine Blechdose mit Etikett auf den Tisch und schaute Vance an. »Ich habe das Opium gefunden, Effendi.«

»Wo?«

Hani zögerte und sah zu Boden. »Es war nicht im Schrank... Da fiel mir ein...«

»Daß Sie es selbst benützt hatten, weil Sie nicht schlafen konnten, was?«

»Der Effendi versteht viele Dinge«, antwortete Hani. »Ich konnte viele Nächte hindurch nicht schlafen, und da holte ich mir die Dose. Ich vergaß sie dann zurückzustellen.«

»Hoffentlich hat es Ihre Schlaflosigkeit kuriert, Hani. Sie sind ein ausgemachter Lügner. Und die Lüge ist ausgezeichnet erfunden.«

»Vielen Dank, Effendi.«

Vance seufzte. »Sie wußten also genau, wo Sie das Opium finden würden, doch die Wahrheit haben Sie nicht gesagt. Es war nicht in Ihrem Zimmer. Vielleicht fanden Sie es...«

»Effendi! Bitte, fahren Sie nicht fort. Sie werden...«

»... von Ihnen nicht mehr angelogen, meinen Sie wohl? Sie sind doch ein Riesentrottel! Verstehen Sie denn nicht, daß ich wußte, wo Sie das Opium finden würden? Ich habe Sie doch nur deshalb weggeschickt, weil ich herausfinden wollte, wie tief Sie in diesem Komplott stecken.«

»Und Sie fanden es heraus, Effendi?«

»Selbstverständlich. Hani, Sie sind wie der Vogel Strauß, der seinen Kopf in den Sand steckt, wenn Gefahr droht; mit einem Unterschied: Sie stecken ihn in eine Opiumbüchse. Und jetzt verschwinden Sie, Hani. Sie langweilen mich.«

Von der Halle hörten wir zornige Stimmen, und dann erschien Snitkin an der Tür und hielt Dr. Bliss am Arm fest. Der Doktor war zum Ausgehen angezogen und protestierte heftig.

»Was soll das heißen?« rief er erregt. »Ich will ein wenig an die frische Luft, und dieser Mensch verschleppt mich hierher.«

»Sergeant Heath hat mir aufgetragen, ich soll ihn nicht entwischen lassen, und er wird auch noch unverschämt«, beklagte sich Snitkin.

»Ich sehe nicht ein, warum Dr. Bliss nicht an die frische Luft gehen sollte«, wandte sich Vance an Markham. »Wir brauchen ihn doch erst später wieder.« Da Markham nickte, bat Vance: »Seien Sie in einer halben Stunde wieder zurück, ja?«

»Selbstverständlich. Ich fühle mich gar nicht wohl. Meine Glieder sind bleischwer, und ich glaube zu ersticken.«

»Und Sie sind auch ungewöhnlich durstig, nicht wahr?« fragte Vance lächelnd.

»Ja. Ich trinke ununterbrochen Wasser. Hoffentlich ist das kein Malariaanfall.«

»Sicher nicht. Sie werden sich bald wieder wohler fühlen«, versicherte ihm Vance.

»Gibt es etwas Neues?« erkundigte sich Dr. Bliss.

»Oh, ja. Einiges. Darüber sprechen wir dann später.«

13

Freitag, 13. Juli, 3.45 Uhr nachmittags

Hani brach das Schweigen. »Soll ich wirklich gehen, Effendi?«

»Ja, natürlich. Gehen Sie hinauf und meditieren Sie. Wenn wir Sie brauchen, lassen wir Sie rufen.«

Hani verbeugte sich. »Lassen Sie sich nicht von dem täuschen, was an der Oberfläche liegt, Effendi«, sagte er düster. »Ich verstehe kaum etwas von dem, was heute in diesem Haus geschehen ist, aber vergessen Sie nicht ...«

»Vielen Dank, aber ich vergesse bestimmt nicht, daß Ihr Name Anupu ist.«

Hani warf ihm noch einen düsteren Blick zu und ging.

»Und wo war das Opium?« fragte Markham ungeduldig.

»In Salveters Zimmer natürlich. Das ist doch ganz klar! Siehst du denn nicht, daß einer in diesem Haus auf Ideen kam? Das Komplott war viel zu raffiniert, und jetzt sorgt ein gütiger Geist dafür, daß sich die Dinge wieder vereinfachen. Komm, laß uns jetzt mal die Gäste im Salon besuchen. Wir brauchen noch viel mehr Daten, sehr viel mehr.«

Als wir über den teppichbelegten Gang der oberen Halle zum

Salon gingen, hörten wir eine hohe, erregte Stimme; es war Mrs. Bliss, und ich verstand auch ihre letzten Worte: ». . . warten sollen!«

»Aber Meryt, du bist verrückt!« Das war Salveters heisere, gespannte Stimme.

Hennessey berichtete, Scarlett sei nach oben gelaufen, ein paar Minuten später aber wieder nach unten gekommen, und Hani habe im Salon mit der Dame gesprochen, aber in einer fremden Sprache, von der er kein Wort verstanden habe.

»Siehst du«, wandte sich Vance an Markham, »deshalb habe ich Hani ja allein nach oben geschickt. Ich dachte mir, er würde die Gelegenheit beim Schopf packen und mit Mrs. Bliss reden. Was geschah dann, Hennessey?«

»Wie er rausgekommen ist, hat er sehr besorgt dreingesehen. Wenig später ist er mit einer Blechbüchse wieder zurückgekommen.«

»Vielen Dank, Hennessey. Und jetzt unterhalten wir uns einmal mit Mrs. Bliss.«

Sie saß, als wir den Salon betraten, am Fenster; Salveter lehnte an der Falttür zum Speisezimmer. Sie schienen sich unterhalten zu haben.

»Wir müssen Sie leider mit unseren Fragen langweilen«, erklärte ihr Vance höflich. »Es läßt sich jedoch nicht umgehen.« Ich gewann den Eindruck, es passe ihr absolut nicht. »Und Sie, Mr. Salveter, gehen bitte auf Ihr Zimmer. Mit Ihnen unterhalten wir uns später.«

»Darf ich nicht . . .?« begann Salveter und sah ziemlich besorgt, nahezu fassungslos drein.

»Nein, Sie dürfen nicht«, schnitt ihm Vance ungewohnt brüsk das Wort ab. Sogar Markham schien darüber erstaunt zu sein. »Hennessey!« rief er in den Gang hinaus. »Begleiten Sie diesen Herrn hier in sein Zimmer und sehen Sie zu, daß er mit keinem spricht, bis wir nach ihm schicken.«

Salveter warf Mrs. Bliss noch einen flehenden Blick zu und verließ mit Hennessey den Salon.

Vance setzte sich Mrs. Bliss gegenüber auf einen Stuhl. »Wir werden Ihnen ein paar ziemlich persönliche Fragen stellen müssen«, sagte er, »und wenn Sie wünschen, daß den Mörder von Mr. Kyle die gerechte Strafe trifft, werden Sie diese Fragen in aller Offenheit beantworten.«

»Der Mörder von Mr. Kyle ist eine verabscheuenswürdige Person«, antwortete sie mit harter, angestrengter Stimme. »Ich will alles tun, Ihnen zu helfen.« Sie sah dabei Vance nicht an, sondern betrachtete einen riesigen, honigfarbenen Karneolring, den sie am Zeigefinger ihrer rechten Hand trug.

»Sie halten es also für richtig, daß wir Ihren Mann entließen?« fragte Vance und hob die Brauen.

Ich wußte nicht, weshalb Vance ausgerechnet diese Frage stellte, und die Antwort verwirrte mich noch mehr:

»Dr. Bliss ist ein sehr geduldiger Mann. Viele Menschen haben ihm Unrecht angetan. Ich weiß nicht einmal, ob Hani ihm treu ist. Aber mein Mann ist kein Narr, manchmal sogar viel zu klug. Ich behaupte nicht, er sei eines Mordes nicht fähig; das behaupte ich von keinem Menschen, und Mord ist manchmal der größte Mutbeweis. Hätte aber mein Mann Mr. Kyle getötet, so hätte er keine Beweise hinterlassen, die auf ihn schließen ließen, und Mr. Kyle wäre auch nicht Gegenstand eines solchen Verbrechens gewesen. Es gibt andere, die Dr. Bliss viel lieber aus dem Weg gehabt hätte.«

»Hani, zum Beispiel? Oder Mr. Salveter?«

»Vielleicht. Jeden eher als Mr. Kyle. Sie kennen meinen Mann nicht. Leidenschaft liegt ihm fern, und er ist ungeheuer ausgeglichen. Tut er etwas, dann überlegt er es sich vorher sehr genau.«

»Ja, diesen Eindruck hatte ich auch. Mrs. Bliss, wer gewinnt eigentlich am meisten durch Mr. Kyles Tod?«

»Das weiß ich nicht«, erwiderte die Frau sehr vorsichtig.

»Jemand muß einen großen Vorteil von seinem Tod haben, sonst wäre er nicht ermordet worden«, beharrte Vance.

»Das herauszubringen ist Sache der Polizei. Ich kann Ihnen da nicht weiterhelfen.«

»Nun, die Polizei würde sagen, Mr. Kyles Tod habe einen Dorn aus Hanis Herzen entfernt, denn die sogenannte Entweihung der Pharaonengräber sei ja finanziell nun nicht mehr möglich. Und darüber hinaus wäre die Polizei der Meinung, Sie und Mr. Salveter würden durch Mr. Kyles Tod sehr reich.«

»Ja, ich glaube, es gibt ein Testament, das Mr. Salveter und mich als Haupterben einsetzt«, gab sie unbewegt zu.

»Würden Sie mit dem Erbe Ihrem Gatten ermöglichen, seine Arbeit in Ägypten fortzusetzen?«

»Sicher«, erklärte sie nachdrücklich. »Wenn er es wünscht, steht das Geld zu seiner Verfügung. Besonders jetzt.«

Da stand Markham auf. »Wer, Mrs. Bliss, könnte daran interessiert sein, Ihrem Mann das Verbrechen in die Schuhe zu schieben? Sie sagten doch selbst, jemand müsse die Skarabäusnadel neben Mr. Kyles Leiche gelegt haben.«

»Und wenn ich das getan hätte?« Sie war jetzt ganz Abwehr. »Ich verteidige natürlich meinen Mann — gegen Sie und die Polizei.« Sie schaute dabei öfter nach der Tür.

Das bemerkte Vance. »Keine Angst, Madame, es ist nur einer der Polizisten in der Halle. Mr. Salveter ist in seinem Zimmer und außer Hörweite.

Sie schlug die Hände vor das Gesicht und zitterte. »Sie quälen mich!« klagte sie.

»Und Sie beobachten mich zwischen den Fingern«, erwiderte Vance lachend. Sie funkelte ihn wütend an. »Sagen Sie nicht zu mir: ›Wie können Sie es wagen‹ Das ist zu abgedroschen. Hani hat Ihnen doch in Ihrer Muttersprache berichtet, daß man heute früh Ihrem Mann vermutlich Opium in den Kaffee getan hat. Was hat er Ihnen noch gesagt?«

»Das war alles, was er sagte«, erklärte sie mühsam.

»Wußten Sie, daß das Opium oben im Schrank verwahrt wurde?«

»Überrascht bin ich nicht, aber ich wußte es nicht.«

»Wußte es Mr. Salveter?«

»Zweifellos. Er und Mr. Scarlett verwalteten ja die Medikamente.«

»Mr. Hani wollte es nicht zugeben, aber ich bin überzeugt, daß er die Opiumbüchse in Mr. Salveters Zimmer gefunden hat. Es wäre aber auch möglich, daß Hani sie in Ihrem Zimmer fand.«

»Ausgeschlossen!« fuhr sie auf. »In meinem Zimmer niemals! Das heißt, ich kann es mir nicht vorstellen.«

»Mrs. Bliss, kamen Sie heute früh in das Frühstückszimmer, um sich eine zweite Tasse Kaffee zu holen, nachdem Sie und Mr. Salveter hinaufgegangen waren?«

»Ich ...« Sie holte tief Atem. »Ja. Ist das ein Verbrechen?«

»Trafen Sie Hani unten?«

»Nein. Er war krank und in seinem Zimmer. Ich schickte ihm Kaffee hinauf.«

»Und Sie wissen natürlich, wer Mr. Kyle umgebracht hat?« fragte er unvermittelt.

»Ja, das weiß ich!« erwiderte sie sehr heftig.

»Und auch warum er getötet wurde?«

»Auch das weiß ich.« Die Mischung aus Angst und Lebhaftigkeit und die tragische Bitterkeit ihrer Haltung erstaunten mich.

»Sie sagen uns sofort, wer es war, sonst lasse ich Sie als Komplicin einsperren!« fuhr Heath sie an.

»Sergeant, warum so vorschnell?« redete ihm Vance zu. »Es würde uns jetzt gar nichts nützen, Mrs. Bliss einzusperren. Und wissen Sie, es könnte sein, daß sie den Fall ganz falsch beurteilt.«

»Haben Sie irgendwelche Beweise gegen den Mörder?« wollte nun Markham wissen.

»Keine gesetzlichen«, antwortete sie ruhig. »Aber...«

»Sie verließen das Haus kurz nach neun. Einkaufen?« fragte Vance ruhig.

»Ich mußte suchen, bis ich das fand, was ich wollte. Ich bestellte einen Hut in der Madison Avenue.«

»Sehr bemerkenswert«, stellte Vance fest. »Das wäre im Moment alles, Mrs. Bliss. Gehen Sie jetzt bitte auf Ihr Zimmer und warten Sie dort.«

Sie verließ uns wortlos.

Vance ging zum Fenster und schaute hinaus. Das Gespräch schien ihn außerordentlich berührt zu haben. Er sah uns nicht an, als er wie zu sich selbst sagte: »In diesem Haus gibt es zu viele Strömungen und Gegenströmungen, zu viele Objekte, zu vieles, was zu gewinnen ist, zu viele emotionelle Komplikationen. Anklage könnte praktisch gegen jeden erhoben werden...«

»Wer hätte durch Bliss' Verwicklung in den Mord am meisten gewonnen?« warf Markham ein.

»Offensichtlich jeder«, antwortete Vance. »Hani mag seinen Arbeitgeber nicht und lamentiert um jede Handvoll Sand aus Inteps Grab. Salveter ist in Mrs. Bliss verknallt, und ihr Mann ist ihm natürlich da ein Hindernis. Und die Dame selbst – ich will ihr, weiß Gott, nicht unrecht tun, aber sie scheint die Zuneigung des jungen Mannes zu erwidern. Wenn, dann würde die Ausschaltung von Bliss ihr keinen selbstmörderischen Kummer bereiten.«

»Scarlett scheint für die Reize der Dame auch nicht unempfindlich zu sein«, bemerkte Markham.

»Das springt ins Auge, und die Dame ist auch faszinierend. Hm. Markham, ich habe so eine Ahnung, daß sich sehr bald wieder etwas ereignen wird. Bis jetzt ist die Sache nicht ganz so gelaufen, wie sie sollte; der Mörder hat uns in die Irre geführt, und den Schlüssel haben wir auch noch nicht gefunden. Wenn wir ihn haben, weiß ich auch, welche Tür er aufsperrt, und es ist mit

Sicherheit eine andere Tür, als der Mörder uns glauben machen will. Wir haben jetzt zu viele Spuren, und deshalb können wir keine Verhaftung vornehmen. Wir müssen erst warten, bis sich die ganze Sache weiterentwickelt.«

»Aber die Fingerabdrücke und die sonstigen Beweise«, wandte Heath ein.

»Ein Mann von Intelligenz und gründlichstem wissenschaftlichen Training macht keine solchen Fehler, Sergeant, legt die Nadel neben die Leiche, bringt vorsätzlich seine Fingerabdrücke an der Mordwaffe an und wartet dann in aller Ruhe nebenan, wohin die Polizei von den blutigen Fußabdrücken geführt wird. Alles unwahrscheinlich.«

»Wie Sie meinen, Sir«, antwortete Heath fast unhöflich. »Aber ich sehe nicht, wie wir weiterkommen.«

Dann kam ein Telefonanruf für Heath, und wenig später kehrte er feixend zurück, um zu berichten, Bliss sei nicht in den Park, sondern zu seiner Bank gegangen, habe dort sein ganzes Geld abgehoben und sei mit dem Taxi zur Grand Central Station gefahren. Dort habe er eine Fahrkarte nach Montreal gekauft. An der Sperre habe ihn der ihm folgende Polizist jedoch aufgehalten und ihn zu einer Telefonzelle geführt. »Was sagen Sie jetzt, Sir?« fragte er genießerisch.

»Und Sie finden, das sei ein Schuldbeweis, wenn ein unpraktischer Gelehrter den Kopf verliert und durchzubrennen versucht? Nein, mein Freund, so einfach liegt die Sache nicht. Ich versichere Ihnen, Dr. Bliss ist weder ein Idiot, noch wahnsinnig.«

»Worte, nichts als Worte, Mr. Vance«, antwortete Heath. »Der komische Vogel hat einige Fehler gemacht, und als er sah, daß er in der Falle war, versuchte er, aus dem Land zu kommen. Ich sage, das ist Beweis genug.«

»Oh, meine liebe, gute, alte Tante!« stöhnte Vance und ließ sich erschöpft auf das Spitzenschonerchen des Lehnsessels sinken.

14

Freitag, 13. Juli, 4.15 Uhr nachmittags

Markham lief gereizt auf und ab. »Verdammte Tante! Hast du denn zur Abwechslung nicht auch mal einen Onkel?«

»Ich weiß genau, wie dir zumute ist«, meinte Vance mitfühlend. »Keiner tut das, was man von ihm erwarten würde. Es scheint eine Verschwörung gegen uns in Gang gesetzt worden zu sein mit dem Ziel, alles zu verwirren und zu erschweren. Aber, mein Lieber, wir müssen abgehen von Theorien und Spekulationen und den Schlüssel finden. Deshalb ist es an der Zeit, daß wir mit dem ergebenen Ritter Salveter sprechen, der jetzt so schön ins Bild paßt.«

Auf Markhams Zeichen hin rief Heath in den Gang hinaus, Hennessey solle den geschniegelten Burschen herunterbringen.

Wenig später wurde Salveter hereingeführt. Er pflanzte sich mit blitzenden Augen aggressiv vor Vance auf. »Da bin ich. Wo sind die Handschellen?« fragte er herausfordernd.

»Tun Sie nicht gar so forsch, mein Freund«, riet ihm Vance. »Dieser deprimierende Fall nimmt uns alle über Gebühr her, und Ihre Mätzchen kann ich nicht ertragen. Setzen Sie sich. Und die Handschellen hat der Sergeant herrlich poliert. Wollen Sie's mal anprobieren?«

»Was haben Sie mit Meryt — Mrs. Bliss gemacht?« fragte er.

»Ich habe ihr eine meiner Zigaretten angeboten. Wollen Sie auch eine?«

»Vielen Dank. Ich rauche meine eigene Marke.«

»Haben Sie schon mal Opium probiert? Ja, ja, dieses Mohnextrakt. Oh, Sie wissen schon.«

»Nein. Was wollen Sie eigentlich?«

»Wußten Sie nicht, daß Opium im Haus ist? Sie und Mr. Scarlett verwalten doch die Medikamente. Es stimmt doch?«

»Nun ja, gewissermaßen ... Und Opium ist natürlich immer da, eine Büchse oben im Schrank.«

»Und die hatten Sie kürzlich in Ihrem Zimmer.«

»Nein ... Ja, doch ... Ich ...«

»Vielen Dank. Wir können also unter Ihren Antworten die passende aussuchen, ja?«

»Wer behauptet, ich hätte Opium im Zimmer gehabt?«

»Das spielt doch keine Rolle. Jetzt ist keines mehr dort. Sagen Sie, Mr. Salveter, sind Sie heute früh, nachdem Sie und Mrs. Bliss nach oben gegangen waren, noch einmal ins Frühstückszimmer zurückgekehrt?«

»Nein. Das heißt, ich weiß es nicht mehr.«

»Ich will eine klare Antwort haben, sonst überstellen wir Sie dem Morddezernat. Sind Sie ins Frühstückszimmer zurückgekehrt oder nicht?«

»Nein.«

»Hm. Das ist viel besser. Und jetzt eine persönliche Frage: Sind Sie in Mrs. Bliss verliebt?«

»Diese Frage beantworte ich nicht.«

»Auch gut. Ich höre, Mr. Kyle hat Ihnen im Testament ein beachtliches Vermögen vermacht. Wenn Dr. Bliss Sie fragen würde, ob Sie die weiteren Ausgrabungen finanzieren wollten, würden Sie das tun?«

»Ich würde sogar darauf bestehen, das heißt, wenn Meryt-Amen es guthieße. Gegen ihren Wunsch würde ich es nicht tun. Und sie würde das wünschen, was ihr Mann sagt.«

»Ah, ganz pflichtbewußtes Weib. Ja, ja, ich weiß schon. Aufrichtig, loyal und so. Aber ich nehme an, sie ist nicht gerade überaus begeistert über die Wahl ihres Lebensgefährten.«

»Und wenn«, erwiderte Salveter wütend, »würde sie sich's nicht anmerken lassen.«

Vance nickte. »Und was halten Sie von Hani?«

»Eine gute Seele, aber ein blöder Kerl. Betet Mrs. Bliss an. Ah... Ich verstehe, was Sie denken, Mr. Vance. Aber diese modernen Ägypter sind alle gleich, abergläubische Teufel, keinen Sinn für Recht und Unrecht, aber loyal wie noch was.«

»Ich kann mir denken, daß er sogar seinen Kopf riskieren würde, wenn ihr Glück auf dem Spiel stünde. Vielleicht muß man ihn ein bißchen dazu drängen...«

»Da liegen Sie aber grundfalsch. Der tut selbst, was er...«

»Und lenkt dann den Verdacht auf einen Unschuldigen? Aber ich meine, die Nadel mit dem Skarabäus neben der Leiche, das war doch ein bißchen zu subtil für einen armen Fellachen.«

»Meinen Sie? Ich kenne diese Leute besser. Gegen deren Intrigen ist ein normaler Nord- und Westeuropäer ein armseliger Baumaffe.«

»Und wer, außer Dr. Bliss, benützt Koh-i-noor-Stifte?«

»Wußte ich gar nicht, daß er die benützt.«

»Sahen Sie Dr. Bliss heute früh?«

»Nein.«

»Waren Sie im Museum, ehe Sie zum Metropolitan gingen?«

»Natürlich. Das tue ich jeden Morgen nach dem Frühstück. Ich sehe nach, ob alles in Ordnung ist. Schließlich bin ich der Hilfskurator. Es ist meine Pflicht, nach dem Rechten zu sehen.«

»Wann waren Sie im Museum?«

Salveter zögerte. »Kurz nach neun ging ich weg«, antwortete er schließlich. »Nach ein paar Minuten fiel mir ein, daß ich die Morgeninspektion vergessen hatte, und ich kehrte zurück, weil ich mir Gedanken machte. Vielleicht der gestrigen Lieferung wegen. Ich sperrte das Haus mit meinem Schlüssel auf und ging ins Museum. Das war gegen halb zehn. Ich erzähle Ihnen alles, was ich weiß, und wenn es Ihnen nicht genügt oder paßt, können Sie mich ja verhaften lassen. Und zum Teufel mit Ihnen!«

Vance seufzte. »Warum werden Sie so ausfallend? Ich nehme an, Sie sahen Ihren Onkel.«

»Jawohl, hab' ich gesehen. Und jetzt denken Sie, was Sie wollen!«

»Und da Sie ihn sahen, müssen Sie etwa eine halbe Stunde im Museum gewesen sein.«

»Ja. Ich war mir über ein Schriftzeichen unklar, sah es nach und saß am kleinen Tisch neben dem Obelisk, als Onkel Ben kam. Es war ziemlich dunkel, und er sah mich nicht, bis er unten im Museum war. Ich wußte, daß er die neuen Schätze besichtigen wollte und ging daher. Er war ein bißchen brummig, aber das war er vormittags immer. Ich ging sofort, weil ich ja wußte, daß er Dr. Bliss in einer wichtigen Sache sprechen wollte.«

»Und in den folgenden zwanzig Minuten wurde Ihr Onkel ermordet«, sagte Vance.

Salveter zuckte zusammen. »Es scheint so. Aber ich habe nichts damit zu tun. Sie können es glauben — oder sein lassen.«

»Mir gefällt Ihre Sprache nicht, Mr. Salveter«, bemerkte Vance, aber im gleichen Moment sprang ihn der junge Mann an. Aber Vance war zu flink für ihn und drückte ihn zu Boden, daß er vor Schmerz schrie. Dann hob er ihn auf und drückte ihn auf einen Stuhl. »Eine kleine Lektion in guten Manieren«, sagte er freundlich. »Und jetzt antworten Sie auf meine Fragen, oder ich lasse Sie und Mrs. Bliss verhaften wegen Mordes an Mr. Kyle, beziehungsweise Verschwörung zum Mord.«

»Mrs. Bliss hat gar nichts damit zu tun!« Das klang jetzt viel respektvoller. »Und wenn ich sie damit von jedem Verdacht reinigen kann, bekenne ich mich zu dem Verbrechen.«

»Nicht nötig, Mr. Salveter. Ich weiß, Sie wollten nicht hineingezogen werden in ein Verbrechen, an dem Sie keine Schuld hatten. Ist Ihnen eigentlich nie der Gedanke gekommen, es könnte für Sie ein Pluspunkt sein, wenn Sie zugegeben hätten, daß Sie um zehn Uhr Ihren Onkel getroffen haben? Was haben Sie die ganze Zeit im Museum getan?«

»Ich habe einen Brief geschrieben.«

»An wen? Nein, das wollen Sie nicht sagen? In welcher Sprache? Ah, ich weiß — in ägyptischen Hieroglyphen, nicht wahr? Sehen Sie, das ist doch nicht schwer zu erraten. Sie haben doch vorher erwähnt, daß Sie im Museum ein Schriftzeichen nachschauten. Und wo ist der Brief jetzt?«

»In der Schublade des Tisches im Museum. Ich schob ihn hinein, als mein Onkel kam.«

»Ich kann mir genau vorstellen, was in diesem Brief steht. Würden Sie bitte so gut sein, mir diese Epistel zu bringen? Vielleicht kann ich sie nämlich entziffern.«

Salveter sprang auf und rannte geradezu hinaus. Wenige Minuten später kam er ganz verstört zurück.

»Er ist nicht mehr da!« stöhnte er. »Weg. Fort.«

Vance sprang auf. »Das gefällt mir nicht. Warum sollte der Brief so plötzlich verschwinden? Auf welchem Papier haben Sie den Brief geschrieben?« fragte er erregt.

»Auf einen gelben Block, der immer auf dem Tisch liegt.«

»Und mit Tinte? Oder Bleistift?«

»Mit grüner Tinte. Sie ist immer im Museum.«

Vance hob ungeduldig eine Hand. »Das genügt. Gehen Sie in Ihr Zimmer hinauf und bleiben Sie dort.«

»Aber, Mr. Vance, der Brief ist doch ... Wo könnte er sein?«

»Bin ich ein Hellseher? Wußten Sie denn nicht, daß man kompromittierende Briefe nicht herumliegen läßt?«

»Mir wäre nie der Gedanke gekommen ...«

»Tatsächlich? Bitte, gehen Sie jetzt hinauf. Stellen Sie keine Fragen und tun Sie, was ich Ihnen sage.«

Wortlos verschwand Salveter. Wir hörten seine Schritte auf der Treppe.

15

Freitag, 13. Juli, 4.45 Uhr nachmittags

Vance stand lange nachdenklich da. »Laufen Sie hinauf«, sagte er dann zu Hennessey, »und nehmen Sie einen Posten ein, von dem aus Sie alle Räume im Auge behalten können. Ich will nicht, daß sich Mrs. Bliss, Salveter und Hani miteinander in Verbindung setzen.«

Dann wandte sich Vance an Markham. »Vielleicht hat dieser Dummkopf tatsächlich diesen Brief geschrieben. Schauen wir doch lieber im Museum nach.«

»Warum regt dich der blöde Brief so auf?« wunderte sich Markham.

»Das weiß ich noch nicht, aber ich habe Angst! Wenn das stimmt, was ich denke, dann hat der Mörder daran den schönsten sichersten Handgriff! Wurde der Brief geschrieben, müssen wir ihn finden. Finden wir ihn nicht, gibt es verschiedene plausible Erklärungen, und eine davon ist sehr häßlich. Komm mit.«

Unten im Museum untersuchte Vance genau den kleinen Tisch, den Schreibblock und die Schublade, dann auch den kleinen Papierkorb neben dem Tisch, dessen Inhalt er auf den Boden leerte. Der Brief war nicht da. Auch sonst war er nirgends zu finden.

»Ich habe sehr große Angst«, sagte Vance zu Markham. »Da wird ein teuflisches Spiel gespielt.« Er lief die kleine Wendeltreppe hinauf und winkte uns zu, wir sollten mitkommen. »Noch eine Chance, an die ich früher hätte denken können«, sagte er.

Im Studio ging er sofort auf Hände und Knie und suchte im Haufen, der aus dem von Heath geleerten Papierkorb stammte. Er fand zwei Stücke gelben Papieres, auf denen winzige Schriftzeichen in grüner Tinte zu erkennen waren. Nach einigen Minuten hatte er ein ganzes Häufchen dieser gelben Fetzchen aussortiert.

Dann setzte er sich in den Drehstuhl und legte sorgfältig die Stücke auf der Schreibunterlage aus. Heath und Markham sahen ihm fasziniert zu, wie er die Stücke zusammenfügte, und nach zehn Minuten hatte er tatsächlich den Brief vollständig vor sich liegen. Er nahm einen großen weißen Bogen aus dem Schreibtisch und klebte die Stücke sorgfältig auf.

»Hier, das wäre der Brief«, bemerkte er und seufzte. »Und das, was ich zu sehen erwartet habe, steht auch drinnen.«

»Na, und?« meinte Heath. »Weil der Knabe in Mrs. Bliss verknallt ist und ihr Liebesbriefe auf gelbem Papier schreibt, können wir ihn doch nicht verhaften.«

»Sie sind sehr unmenschlich, Sergeant, wenn Sie immer nur ans Verhaften denken. Traurig, sehr traurig. Mit welchem Grund sehen Sie im Paulus dieser verliebten Epistel einen Mörder?«

»Ich seh' in keinem Menschen irgendwas«, brummte Heath, »aber wenn wir nicht bald was tun, passiert noch was Schlimmeres als bisher.«

»Das sagte ich ja schon. Aber wir müssen etwas Intelligentes tun, etwas, das der Mörder nicht erwartet, denn sonst fangen wir uns in seinem Netz, und er entkommt, während wir noch zappeln.«

»Bist du wirklich der Meinung, der Mörder hat den Brief zerrissen und in den Papierkorb des Doktors geworfen?« fragte Markham.

»Daran besteht doch kein Zweifel«, erwiderte Vance. »Ich weiß zwar noch nicht, aber das ängstigt mich. Wir sind hilflos, bis wir einen richtigen, handfesten Beweis haben, mit dem wir weitermachen können.«

»Warum könnte der Brief aber für den Mörder wichtig gewesen sein? Wenn er ihn zerreißt, nützt er ihm doch nichts.«

»Vielleicht hat ihn Salveter selbst zerrissen«, vermutete Heath.

»Glaube ich nicht. Wann denn? Als wir ihn um den Brief schickten? Nein, Sergeant. Er mußte doch damit rechnen, daß wir ihn suchen würden. Salveter hatte Angst und wollte den Brief sicherstellen. Aber wenn er ihn uns vorenthalten wollte, hätte er ihn ja ganz vernichten können; verbrennen oder so ... Aber die Person, die diesen Brief zerrissen hat, konnte nicht ahnen, daß uns Salveter gestehen würde, diesen Brief geschrieben zu haben.«

»Vielleicht hat der Mörder aber auch versucht, Bliss noch weiter damit zu belasten«, vermutete Markham.

»Nein. Bliss konnte den Brief nicht geschrieben haben, denn er ist zu eindeutig von Salveter und an Mrs. Bliss gerichtet.«

Vance studierte den zusammengesetzten Brief. »Je mehr ich darüber nachdenke, desto mehr bin ich davon überzeugt, daß wir den Brief nicht finden sollten«, sagte er dann. »Er wurde weggeworfen von jemandem, nachdem er seinen Zweck erfüllt hatte.«

»Welchen Zweck?« fragte Markham.

»Wenn wir das wüßten«, erklärte Vance sehr ernst und nachdrücklich, »dann könnten wir vermutlich eine weitere Tragödie verhindern.«

Ich wußte genau, was in Markhams Kopf vorging. Vance hatte in allen bisherigen Fällen, in denen er eine solche Prognose gestellt hatte, recht behalten.

»Der Plan ist noch nicht vollständig«, fuhr er fort. »Wir haben

Dr. Bliss entlassen und sind damit dem Mörder zuvorgekommen. Jetzt muß er weitermachen. Wir haben nur die ersten Umrisse des scheußlichen Planes erkannt, aber wenn er völlig enthüllt ist, werden wir etwas Ungeheuerliches sehen.

Und wir müssen unter allen Umständen vermeiden, in die Falle des Mörders zu tappen. Ein einziger falscher Schritt von unserer Seite, und das Komplott geht weiter.

Sergeant, wären Sie so freundlich, mir den gelben Block und die grüne Tinte vom Tisch im Museum zu bringen? Wir müssen auch unsere Spuren verwischen, denn der Mörder folgt uns genauso wie wir ihn verfolgen und anschleichen.«

Heath brachte Block und Tinte. Vance legte Salveters Brief vor sich und begann ihn zu kopieren.

»Wir lassen wohl am besten nichts davon verlauten, daß wir den Brief gefunden haben. Die Person, die ihn zerrissen und in den Papierkorb geworfen hat, könnte mißtrauisch werden und nachsehen. Wir haben einen Gegner vor uns, der von teuflischer Schläue ist. Deshalb dürfen wir uns nicht den kleinsten Fehler leisten.«

Nachdem er eine Anzahl Schriftzeichen kopiert hatte, zerriß er das Blatt und mischte die Schnitzel unter den Inhalt des Papierkorbs. Dann steckte er den Originalbrief in die Tasche. Und schließlich bat er Heath, Block und Tinte wieder zurückzubringen.

»Und jetzt müssen wir die weitere Entwicklung abwarten«, sagte Vance. »Es ist wie bei einer Schachpartie zwischen Meistern. Man weiß nie, welchen Zug der Gegner vorhat.«

Heath kam zurück. »Dieses Museum gefällt mir gar nicht«, sagte er. »Zu viele Leichen und so. Besonders der schwarze Sarg unter den vorderen Fenstern paßt mir nicht. Was ist denn da drinnen, Mr. Vance?«

»Der Granitsarkophag? Das weiß ich nicht, Sergeant. Vermutlich ist er leer.«

In dem Moment wurde ihnen gemeldet, daß der Polizist mit Dr. Bliss angekommen sei. »Ich will ihm nur noch ein paar Fragen stellen, und dann können wir aufbrechen. Ich bin halb verhungert«, stellte Vance fest.

»Jetzt aufhören?« wunderte sich Heath. »Wir haben doch noch gar nicht richtig angefangen.«

»Wir haben sogar sehr viel getan, nämlich alle Kalkulationen des Mörders durchkreuzt und ihn gezwungen, einen neuen Plan zu machen. Zum Glück für uns hat der Mörder jetzt den nächsten

Zug. Sehen Sie, er muß unter allen Umständen dieses Spiel gewinnen. Wir dagegen können es uns leisten, auf ein Unentschieden loszusteuern.«

»Allmählich verstehe ich, was du meinst, Vance«, sagte Markham. »Wir haben uns geweigert, seinen irreführenden Bewegungen zu folgen, und jetzt muß er alle seine Fallen neu stellen.«

»Genau richtig. Ja, das wird er tun. Ich hoffe, daß wir ihn dabei in die Finger bekommen, so daß der Sergeant seine Verhaftung vornehmen kann.«

16

Freitag, 13. Juli, 5.15 Uhr nachmittags

Wir fanden Dr. Bliss im Salon neben dem triumphierenden Polizisten, der ihn gebracht hatte.

»Raus mit dir«, sagte der Sergeant zu dem Mann. »Und keine Fragen, bitte ich mir aus! Das ist kein Mordfall, sondern eine Faschingsveranstaltung in einem Irrenhaus!«

Lachend ging der Polizist.

Bliss sah völlig gebrochen und sehr gedemütigt drein. »Jetzt werden Sie mich wohl wegen Mordes verhaften«, sagte er. »Aber, mein Gott, Gentlemen...«

»Regen Sie sich nur nicht auf, Doktor, wir verhaften Sie nicht«, versicherte ihm Vance. »Wir hätten nur gern eine Erklärung für Ihre erstaunliche Tat. Warum wollten Sie als Unschuldiger so plötzlich das Land verlassen?«

»Warum? Weil ich Angst hatte. Alle sind doch gegen mich. Alle Beweise deuten auf mich. Es gibt jemanden, der mich haßt und aus dem Weg haben will. Glauben Sie, ich wüßte nicht, was es bedeutet, wenn mein Skarabäus neben die Leiche gelegt wird? Und alles andere dazu... Noch andere Beweise werden dazukommen. Das Schicksal, das meiner wartet, ist viel schlimmer als das, das meinen Wohltäter traf...«

»Es war ziemlich dumm, daß Sie zu fliehen versuchten, Doktor«, sagte Markham erstaunlich sanft. »Sie hätten uns doch vertrauen können. Wir beabsichtigen keine Ungerechtigkeiten zu begehen. In den letzten Stunden haben wir viel erfahren, und wir glauben, daß Sie mit Opiumpulver...«

»Opium! Genau das war heute in meinem Kaffee, und ich habe

es geschmeckt! Ah, vergiftet in meinem eigenen Haus ... Aber Sie haben recht, Sir, ich hätte nicht davonrennen sollen. Es ist meine Pflicht, Ihnen zu helfen.«

»Ja, natürlich, Doktor.« Vance war sichtlich gelangweilt. »Sagen Sie mir lieber, wie gut Mrs. Bliss ägyptische Hieroglyphen kennt.«

Bliss sah erstaunt auf. »So gut wie ich«, antwortete er nach kurzem Zögern. »Sie hat jahrelang mit mir zusammen an der Entzifferung alter Inschriften gearbeitet.«

»Und Hani?«

»Oh, ihm fehlt der geschulte Geist. Halbwissen.«

»Und Mr. Salveter?«

»In der Grammatik ist er etwas schwach, aber die Zeichen kennt er, und sein Wortschatz ist beträchtlich. Er hat auch Griechisch und Arabisch studiert, auch Assyrisch, soviel ich weiß, dazu die üblichen Grundlagen, die er als Archäologe braucht... Scarlett dagegen ist etwas wie ein Zauberer...

»Mr. Scarlett ging nach oben, ehe er das Haus verließ«, unterbrach ihn Vance. »Ich dachte, er hätte Ihnen einen Besuch abgestattet.«

»Ja. Ein sehr einfühlsamer Bursche, dieser Scarlett. Er wünschte mir viel Glück und er stehe mir zur Verfügung, falls ich ihn bräuchte. Er war nur eine Minute da und wollte dann nach Hause gehen.«

»Noch eine Frage, Doktor. Wer im Haus könnte einen Grund haben, Sie mit dem Verbrechen an Mr. Kyle belastet zu sehen?«

Sofort verhärtete sich Bliss' Gesicht. Seine ganze Haltung drückte Angst und Haß aus, als wolle er einen Todfeind anspringen. Jeder Muskel an ihm war gespannt.

»Ich kann die Frage nicht beantworten!« rief er. »Ich weiß es nicht. Aber es ist jemand da. Sie hätten mich abreisen lassen sollen. Mr. Vance, lassen Sie mich verhaften. Tun Sie etwas, damit ich nicht hierbleiben muß...«

»Reißen Sie sich zusammen, Doktor. Hier wird Ihnen nichts geschehen. Gehen Sie in Ihr Zimmer, und bleiben Sie bis morgen früh dort. Wir passen schon auf. Wissen Sie, wir müssen nur noch ein wenig warten. Im Moment können wir noch keine Verhaftung vornehmen, aber der Mörder muß bald wieder etwas unternehmen, und dann können wir den schlagenden Beweis gegen ihn bekommen.«

»Wenn er aber direkt gegen mich etwas unternimmt?« fragte

Bliss. »Sein Mißerfolg mag ihn zu verzweifelten Schritten verleiten.«

»Glaube ich nicht«, erwiderte Vance. »Falls etwas passiert, erreichen Sie mich telefonisch unter dieser Nummer.« Er schrieb seine Privatnummer auf eine Karte und reichte sie Bliss. Der Doktor steckte sie in die Tasche.

»Ich gehe jetzt nach oben«, sagte Bliss und verließ uns ziemlich unvermittelt und ohne ein weiteres Wort.

»Setzen wir nicht Dr. Bliss unnötig einer Gefahr aus?« gab Markham zu bedenken.

»Ganz sicher sogar«, gab Vance zu. »Es ist ein delikates Spiel, und es gibt keine andere Möglichkeit. Sergeant, ich möchte gern mit Salveter sprechen. Hennessey können Sie wegschicken, er braucht nicht mehr oben zu bleiben.«

Vance stand am Fenster, als Salveter kam und schaute nicht einmal zur Tür. »Mr. Salveter, ich würde an Ihrer Stelle heute meine Tür absperren«, riet er ihm. »Und schreiben Sie keine Briefe mehr. Auch vom Museum halten Sie sich fern.«

Salveter schien Angst zu haben, aber er schob sein Kinn vor.

»Wenn jemand hier irgend etwas anfangen sollte ...«

»Klar«, unterbrach ihn Vance und seufzte. »Produzieren Sie sich nur nicht. Ich bin müde.«

Salveter drehte sich auf dem Absatz um und verließ den Raum.

»Und jetzt noch ein Wort mit Hani, dann können wir gehen«, sagte er und stützte sich schwer auf den Mitteltisch.

»He, Snitkin, hol mal den Ali Baba im Nachthemd runter!« rief Heath zu Snitkin hinaus.

Gleichmütig und auf Distanz bedacht stand wenige Minuten später der Ägypter vor uns.

»Hani, Sie werden diese Nacht über diesen Haushalt wachen, hören Sie?« befahl Vance eindringlich.

»Jawohl, Effendi. Ich verstehe. Der Geist der Sakhmet könnte zurückkehren und die Aufgabe vollenden.«

»Genau. Ihre Freundin hat heute früh einige Dinge versiebt und will vielleicht jetzt ein paar lose Enden anknüpfen. Passen Sie auf sie auf. Verstanden?«

»Ja, ich habe gut verstanden, Effendi.«

»Fein. Und, Hani, wie ist die Hausnummer von Mr. Scarletts Wohnung am Irving Place?«

»Sechsundneunzig, Sir.«

»Das wäre alles. Meine Empfehlungen an Ihre löwenköpfige Göttin.«

»Es könnte aber Anubis sein, der zurückkehrt, Effendi«, meinte Hani geheimnisvoll, ehe er uns verließ.

»So. Die Bühne steht, der Vorhang kann aufgehen. Hier können wir nichts mehr tun. Gehen wir. Ich bin schon halb verhungert«, stellte Vance fest.

Vance führte den Weg an zum Irving Place. »Ich glaube, wir sollten Scarlett über den Stand der Dinge unterrichten«, schlug er vor. »Er wird auf Kohlen sitzen vor Spannung.«

Markham musterte Vance fragend, schwieg aber. Heath grunzte nur ungeduldig.

»Ich glaube, wir tun alles andere, nur nicht diesen Mordfall aufräumen«, knurrte er.

»Scarlett ist ein kluger Bursche, und vielleicht ist ihm etwas eingefallen«, erwiderte Vance.

»Wenn's nach mir ginge, ich würde jetzt die ganze Gesellschaft verhaftet haben. Dann ließe ich sie in Einzelzellen schwitzen.«

»Ich bezweifle, daß Sie damit weiterkämen, Sergeant«, meinte Vance. »Übrigens sind wir da.«

Scarletts Wohnung — zwei kleine Zimmer mit einem breiten Türbogen dazwischen — lagen auf der Straßenseite im zweiten Stock. Sie war gemütlich und seriös möbliert. Scarlett schien sehr erleichtert zu sein, als er uns sah.

»Seit Stunden versuche ich zu einer Lösung zu kommen«, erzählte er. »Ich war schon dabei, zum Museum zu gehen und zu sehen, was inzwischen geschehen ist.«

»Ein paar kleine Fortschritte haben wir gemacht«, berichtete ihm Vance. »Nichts Weltbewegendes. Wir haben beschlossen, die Sache ein wenig treiben zu lassen, bis der Täter den nächsten Schritt tut.«

»Ah! Vielleicht sind wir zum gleichen Schluß gekommen? Es gibt einige mögliche Erklärungen.«

»Einige? Dann laß doch hören! Wir sind sehr interessiert.«

»Ich möchte dem alten Hani bestimmt nicht unrecht tun«, sprudelte Scarlett heraus. »Er mochte aber Dr. Bliss nie. Und Salveter ist furchtbar in Meryt-Amen verknallt.«

»Nein, so etwas!«

Vance zündete sich eine Zigarette an. »Und übrigens, Dr. Bliss hat versucht das Land zu verlassen, aber einer von Heaths Polizisten hat ihn zurückgebracht.«

Zu meiner Überraschung nickte Scarlett nur. »Dachte ich mir.

Übelnehmen kann ich's ihm nicht, denn er steckt in einer scheußlichen Klemme. Zuviel Gerissenheit ...«

»Jawohl, Gerissenheit«, fiel ihm Vance ins Wort. »Darin liegt aber der schwache Punkt des Verbrechens. Der Mörder wird früher oder später sein Spiel überziehen.«

»Vance, wenn ich ehrlich sein soll, dann überführst du den Mörder niemals, auch wenn du absolut auf Draht bist.«

»Möglich. Trotzdem bitte ich dich, ein Auge auf diese Sache zu werfen. Aber sei vorsichtig. Kyles Mörder ist ein recht skrupelloser Knabe.«

»Das brauchst du mir nicht zu erzählen. Ich könnte Bände darüber schreiben.«

»Sicher könntest du das.« Ich war erstaunt, mit welcher Selbstverständlichkeit Vance das sagte. »Aber heute brauchst du damit noch nicht anzufangen. Wir gehen jetzt wieder. Also, sei vorsichtig.«

»Natürlich, Vance. Ich bin schrecklich aufgeregt. Ich hätte soviel zu tun, und meine ganzen Unterlagen sind im Museum. Gehst du zufällig heute noch einmal hin?«

»Nein, für heute sind wir dort fertig. Warum?«

»Kein besonderer Grund. Man kann nur nie sagen, was passieren wird.«

»Was immer auch passiert, mein Freund, Mrs. Bliss ist in Sicherheit. Dafür wird Hani schon sorgen.«

»Ja, natürlich. Treuer Hund, dieser Hani. Und wer könnte schon Meryt etwas zuleide tun?«

Wir gingen zur Tür. »Wenn ich mich nützlich machen kann ...«, schlug Scarlett vor. »Habt ihr eure Ermittlungen im Haus abgeschlossen?«

»Im Moment ja. Wir kehren erst dann wieder dorthin zurück, wenn etwas Neues auftaucht.«

»Gut. Sollte ich etwas erfahren, werde ich dich anrufen.«

Wir nahmen Tee beim alten Brevoort an der unteren Fünften, und dann fuhr Heath weiter zu seinem Büro, um seinen Bericht zu schreiben und die Zeitungsreporter zu beruhigen, die schon auf ihn warteten. Vance bat ihn, erreichbar zu bleiben, weil man ihn dringend brauche, falls etwas passiere.

Es wurde fast Mitternacht, als es Markham endlich gelang, die Sprache wieder auf das Verbrechen zu bringen. Currie hatte eine delikate Bowle gemacht, und wir saßen im Dachgarten und genossen den klaren Sommerabend. Vance war innerlich voll Spannung, und Markham schien viel zu aufgekratzt zu sein, als daß er hätte nach Hause gehen wollen.

Kurz vor zwölf Uhr telefonierte Markham lange mit Heath. Als er den Hörer auflegte, seufzte er. »Wir sind keinen Schritt weiter«, beklagte er sich.

»Ganz im Gegenteil, wir sind sehr weit gekommen«, widersprach ihm Vance. »Wir brauchen nur zu warten, bis der Mörder in seiner panischen Angst einen Fehler macht. Dann können wir auch handeln.«

»Warum tust du nur so geheimnisvoll?« brummte Markham. »Du bist das reinste Orakel. Wenn du zu wissen glaubst, wer Kyle ermordet hat, warum rückst du nicht mit der Sprache heraus?«

»Das kann ich doch nicht, solange ich keinen schlagkräftigen Beweis habe, der meine Überlegungen stützt. Wenn wir genug Geduld aufbringen, sichern wir uns diesen Beweis. Natürlich besteht jetzt eine gewisse Gefahr, aber es gibt keine Möglichkeit, sie abzuwenden. Jeder unbedachte Schritt würde zu einer Tragödie führen. Wir haben dem Mörder lange Leine gegeben. Möge er sich selbst daran aufhängen.«

Zwanzig Minuten nach zwölf geschah das, worauf Vance gewartet hatte. Wir saßen schweigend da, als Currie das Telefon heranbrachte und einsteckte. Vance lief sofort darauf zu.

»Ja ... Ja ... Was ist geschehen?« Er lauschte etwa eine halbe Minute mit geschlossenen Augen. »Wir sind sofort dort«, sagte er dann und reichte Currie den Hörer.

Vance war sehr nachdenklich. »Es ist nicht das, was ich erwartet habe. Es paßt nicht«, murmelte er.

Doch dann hob er ganz plötzlich ruckartig den Kopf. »Jawohl, es paßt doch! Natürlich paßt es. Logik! Komm, Markham. Ruf Heath an, er soll schnellstens zum Museum kommen.«

»Wer war denn am Telefon?« wollte Markham wissen. »Und was ist los?«

»Beruhige dich. Es war Dr. Bliss, und seiner hysterischen Erzählung nach wurde im Haus ein Mordversuch unternommen. Ich versprach ihm ...«

Markham telefonierte schon mit Heath.

17.

Samstag, 14. Juli, 0.45 Uhr

»Was wissen Sie über die Ereignisse der Nacht?« fragte Vance den Butler, der uns zitternd und leichenblaß die Tür geöffnet hatte.

»Nichts, nichts«, stammelte Brush. »Aber ich will hier weg. Ich habe Angst. Hier geht zuviel Merkwürdiges vor.«

»Sie werden sich bald nach etwas anderem umschauen können«, versprach ihm Vance. »Und jetzt erzählen Sie mal. Was hörten Sie heute nacht?«

»Nichts, Sir. Es war alles sehr ruhig. Alle gingen frühzeitig zu Bett, und ich selbst zog mich auch um elf Uhr zurück. Dr. Bliss kam vor etwa einer halben Stunde sehr aufgeregt in mein Zimmer und sagte mir, ich solle an der Haustür auf Sie warten, da Sie jede Minute kommen müßten. Ich solle keinen Lärm machen und auch Sie warnen, sehr leise zu sein. Dann ging er wieder nach oben.«

»Wo ist sein Zimmer?«

»Im zweiten Stock, direkt an der Treppe nach rückwärts. Vorn heraus ist das Zimmer von Madam.«

»Gut. Sie können wieder zu Bett gehen.«

»Jawohl, Sir.« Eiligst verschwand der Butler in Richtung Küche, neben der sein Zimmer lag.

Wir gingen nach oben. Die Tür zu Dr. Bliss' Zimmer stand einen Spaltbreit offen, und ein Lichtstreifen fiel heraus.

Bliss saß steif in einem Stuhl in der Ecke und hielt einen brutal aussehenden Armeerevolver in den Händen. Als er uns sah, sprang er auf, seufzte erleichtert und legte die Waffe weg.

»Ah, vielen Dank, daß Sie gekommen sind, Mr. Vance«, sagte er, und seine Stimme klang sehr angestrengt. »Auch Ihnen, Mr. Markham. Das, was Sie vorhergesehen haben, ist passiert. In diesem Haus befindet sich ein Mörder.«

»Das ist doch nichts Neues«, antwortete Vance. »Und wir wissen es seit elf Uhr vormittags.«

Bliss war verblüfft darüber, daß Vance so gleichmütig blieb. »Und hier ist der Beweis«, sagte er gereizt und deutete auf das hohe Kopfbrett seines Bettes. Es war ein großes, altes Mahagonibett im Kolonialstil, das an der linken Wand im rechten Winkel zur Tür stand.

Im Kopfbrett stak ein alter, etwa handlanger Dolch nur wenig über der Höhe des Kissens. Er schien von der Tür aus geworfen worden zu sein. Es war klar, wenn jemand, als er geworfen wurde, auf den Kissen gelegen hätte, dann wäre er ihm vermutlich in die Kehle gegangen.

Vance prüfte Entfernung und Wurfrichtung nach und machte Anstalten, den Dolch mit der Hand aus dem Brett zu ziehen. »Nein, nehmen Sie doch Ihr Taschentuch«, mahnte Heath. »Die Fingerabdrücke ...«

»Da sind mit Sicherheit keine drauf«, erklärte Vance bestimmt. »Wer immer den Dolch geworfen hat, war darauf bedacht, keine zu hinterlassen.« Er zog den Dolch heraus und trug ihn zur Tischlampe, wo er ihn genau untersuchte.

Es war ein interessantes Stück alter Handwerkskunst und sehr schön. Der Griff war reich mit Goldgranulat und bunten Steinen besetzt wie Amethysten, Türkisen, Kalzedon, Karneol und Granaten, und am Ende hatte er einen lotosförmigen Knopf aus Bergkristall. Die Klinge wies eine mit Gold eingelegte Gravierung in der Form eines Palmwedels auf.

»Achtzehnte Dynastie«, murmelte Vance. »Hübsch, aber dekadent. Sagen Sie, Dr. Bliss, wie kamen Sie zu diesem Spielzeug?«

Bliss fühlte sich sichtlich unbehaglich. »Wissen Sie, Mr. Vance, den Dolch habe ich geschmuggelt. Es war ein unerwarteter und zufälliger Fund, und ich fürchte, die ägyptische Regierung würde mir nicht gestatten, dieses sehr wertvolle Stück zu behalten.«

»Das kann ich mir vorstellen. Wo haben Sie das Ding gewöhnlich aufbewahrt?«

»Unter einigen Papieren in der Schreibtischlade meines Studios. Es war ein persönlicher Besitz, und ich hielt es für besser, ihn nicht in den Museumslisten erscheinen zu lassen.«

»Wer wußte außer Ihnen noch von diesem Dolch?«

»Meine Frau. Sie war die einzige Person, der ich vertrauen konnte.«

»Wann sahen Sie den Dolch zuletzt in Ihrer Schublade?«

»Heute früh. Ich suchte nach Papier für meinen Bericht.«

»Wer könnte, seit wir das Haus am Nachmittag verlassen haben, in Ihrem Studio gewesen sein?« Dr. Bliss zögerte. »Na, so sagen Sie schon. Wenn Sie eine so geheimnisvolle Haltung einnehmen, können wir Ihnen nicht helfen. War es Mr. Salveter?«

»Ja«, platzte Dr. Bliss nun heraus. »Ich schickte ihn nach dem Dinner hierher, um mir mein Tagebuch zu holen. Das hatte ich im Schreibtisch. Aber wenn Sie jetzt Salveter ...«

»Nein, nein, wir versuchen nur, alle Informationen zu sammeln.

Aber Sie müssen doch zugeben, Doktor, daß der junge Mr. Salveter sehr ... hm ... an Mrs. Bliss interessiert ist, oder?«

»Wie können Sie es wagen, meine Frau ...«, rief Bliss empört.

»Keiner hat ein Wort gegen Mrs. Bliss gesagt«, erklärte Vance mit mildem Vorwurf. »Und ich glaube, jetzt ist nicht die richtige Zeit für ein Feuerwerk leidenschaftlicher Auseinandersetzungen.«

»Vielleicht bin ich ja wirklich zu alt für sie«, gab Bliss ziemlich kleinlaut zu, »und natürlich heißt das nicht, daß der Junge mich zu töten versucht hätte.«

»Vermutlich nicht. Aber wer könnte der Messerwerfer gewesen sein, Dr. Bliss?«

»Das weiß ich wirklich nicht«, antwortete er, und in diesem Moment stand Mrs. Bliss in einem langen, orientalisch gemusterten Morgenrock unter der Tür.

»Was soll das heißen?« rief sie scharf. »Wer soll meinem Mann nach dem Leben getrachtet haben? Erzählen Sie, was geschehen ist.«

»Wir wissen nur, daß dieser Dolch hier im Kopfbrett des Bettes stak, als wir kamen, und wir wollten nur von Ihrem Gatten hören, was vorgefallen war. Übrigens, Dr. Bliss, hatten Sie die Tür offen gelassen?«

»Ja. Es war so stickig im Zimmer, und ich wollte ein wenig frische Luft haben. Ich arbeitete ein wenig an meinen Unterlagen, doch ich konnte mich kaum konzentrieren, und deshalb ging ich zwischen halb elf und elf zu Bett. Ich muß dann bis gegen Mitternacht geschlafen haben, und dann wurde ich plötzlich sehr unruhig. Da ich aber körperlich nahezu erschöpft war, blieb ich liegen. Etwa Viertel nach zwölf hörte ich leise Schritte auf der Treppe, wußte aber nicht, ob sie nach oben gingen oder von oben kamen. Wenn ich nicht so hellwach und zudem aufgeregt gewesen wäre, hätte ich sie gar nicht gehört. Da kamen sie zu meiner Tür, und mir fiel Ihre Warnung ein, Mr. Vance. Ich war wie gelähmt vor Angst. Da ging langsam die Tür auf. Es war stockdunkel, und ich konnte nichts sehen, doch dann blendete mich plötzlich ein heller Lichtstrahl, und ich rutschte blitzschnell auf die eine Bettseite. Gleichzeitig hörte ich ein kurzes, scharfes Zischen, dann einen Aufschlag auf Holz über meinem Kopf. Die Schritte eilten davon, ich weiß aber nicht, in welche Richtung.

Ich wartete ein wenig, knipste dann das Licht an und sah den Dolch. Da wurde mir klar, daß dies ein mörderischer Anschlag auf mein Leben war.«

»Hm. Seltsam.« Vance wog den Dolch in der Hand. »Außer, natürlich ... Sie haben mich wohl unmittelbar danach angerufen, nicht wahr?«

»Innerhalb fünf Minuten. Dann weckte ich Brush auf, damit er Sie einlassen konnte. Ich nahm meinen Revolver und wartete auf Sie.«

Mrs. Bliss hatte wie gebannt zugehört. »Das ist ja entsetzlich! Sie bestehen darauf, daß mein Mann in diesem Haus bleibt, wo ein Mörder sein Unwesen treibt, und Sie tun nichts, ihn zu beschützen.«

»Es ist ihm doch nichts geschehen, Mrs. Bliss«, antwortete Vance ungerührt. »Ein bißchen Schlaf hat es ihn gekostet, aber mehr doch nicht. Sie können versichert sein, daß ihn kein Dolch mehr heimsucht.« Er sah ihr dabei fest in die Augen, und ich hatte das Gefühl, irgendwie bestehe zwischen ihnen ein geheimes Einverständnis.

»Sie sind sehr mutig, Madam«, murmelte Vance. »Und da Sie mir vertrauen können, wäre es richtig, wenn Sie wieder in Ihr Schlafzimmer zurückkehrten, bis Sie von uns hören.«

Nachdem Mrs. Bliss gegangen war, wandte sich Vance wieder an den Gelehrten. »Schließen Sie nachts Ihre Tür denn nie ab?« fragte er.

»Doch, sonst schon. Aber ich sagte Ihnen ja, es sei so stickig gewesen, daß ich die Tür aufmachte, um frische Luft zu bekommen. Ich kann mir nur denken, daß ich, als ich dann zu Bett ging, vergessen haben mußte, den Riegel vorzuschieben. Aber der Schlüssel steckte ja von innen so, wie er jetzt steckt ... Aber wo ist denn die Scheide zu diesem Dolch? Wenn wir wüßten, wo die ist, könnten wir vielleicht ...«

»Ausgezeichneter Gedanke«, gab ihm Vance recht. »Sergeant, würden Sie bitte so nett sein und im Studio danach suchen? Dr. Bliss begleitet Sie.«

Sie fanden die Dolchhülle natürlich nicht im Studio, doch Vance glaubte zu wissen, wo sie sein könne. »Das stelle ich aber erst später fest«, meinte er. »Jetzt haben wir unten im Salon ein wenig zu arbeiten.«

Den Dolch schob er in die Tasche. Bliss sperrte hinter uns die Tür ab. Wir waren erst ein paar Schritte gegangen, als uns von der oberen Halle her eine leise, ruhige Stimme anrief: »Kann ich irgendwie helfen, Effendi?«

Am Geländer lehnte dunkel und schattenhaft Hani.

»Wir sind gerade auf dem Weg in den Salon, um eine kleine nächtliche Sitzung abzuhalten«, antwortete Vance. »Kommen Sie ruhig mit, Hani.«

18

Samstag, 14. Juli, 1.15 Uhr morgens

Hani war ruhig, würdig und undurchdringlich.

»Sie sind um diese Zeit auf?« fragte Vance. »Wieso das? Ist Sakhmet zurückgekehrt?« Der Ägypter hob interessiert den Kopf. »Ich fürchte aber, dann hat sie wieder mal einiges verpfuscht. Keine sehr sorgfältige Göttin, Ihre Sakhmet.«

»Wollen Sie damit ausdrücken, daß sie es nicht absichtlich getan hat?« fragte Hani nachdrücklich.

Vance musterte ihn, beantwortete diese Frage aber nicht. »Hörten Sie kurz nach Mitternacht Schritte auf der Treppe?«

»Nein, ich hörte nichts. Ich hatte geschlafen und wachte erst auf, als Sie in der Halle mit Brush sprachen. Später hörte ich dann eine gedämpfte Unterhaltung in Dr. Bliss' Schlafzimmer, das genau unter dem meinen liegt. Ich konnte natürlich nichts von dem verstehen, was gesprochen wurde.«

»Licht sahen Sie auch keines?«

»Nein. Davon wäre ich mit Sicherheit aufgewacht, weil ich meine Tür immer einen Spalt offen lasse. Wer sollte um diese Nachtzeit das Licht in der Halle einschalten?«

»Das überlege ich mir auch.« Vance ließ den Ägypter keine Sekunde aus den Augen. »Dr. Bliss erzählte uns gerade, jemand habe es auf sein Leben abgesehen gehabt.«

»Ah!« Das war ein Ausruf der Erleichterung. »Aber doch ohne Erfolg, nicht wahr?«

»Es war ein Fiasko und auch ziemlich ungeschickt gemacht.«

»Dann war es nicht Sakhmet.«

»Da bin ich aber froh. Haben Sie eine Ahnung, wer dem Doktor gern an die Kehle möchte?«

»Es gibt mehrere, die nicht um ihn weinen würden, aber ich kenne keinen, der sein Ableben so nachdrücklich beschleunigen würde.«

»Nun, Hani, weshalb glaubten Sie, daß Sie uns behilflich sein könnten?«

»Ich habe ebenso wie Sie, Effendi, heute etwas Gewalttätiges in diesem Haus erwartet. Als ich Sie hörte, dachte ich, es sei nun soweit, und deshalb habe ich gewartet, bis Sie aus Dr. Bliss' Zimmer kamen.«

»Sehr aufmerksam von Ihnen«, murmelte Vance. »Wenn Mr. Salveter sein Zimmer verlassen hätte, nachdem Sie zu Bett gegangen waren, so hätten Sie es doch wohl gehört, oder?«

»Natürlich. Sein Zimmer liegt genau gegenüber. Ich bin überzeugt, daß er es nicht verlassen hat, nachdem er sich zurückzog. Hat Dr. Bliss diese Vermutung ausgesprochen?«

»Ganz im Gegenteil«, versicherte ihm Vance. »Und doch besteht der Doktor darauf, jemand sei im Haus herumgeschlichen und habe einen Dolch nach ihm geworfen. Könnte es vielleicht Mrs. Bliss gewesen sein?«

»Ganz ausgeschlossen! Meryt-Amen brauchte ja nicht durch die Halle zu gehen, denn zwischen ihrem und Dr. Bliss' Zimmer gibt es ja eine Verbindungstür. Wissen Sie, die Dinge, die hier geschehen sind, versteht sie nicht, und sie ist sehr traurig und verstört darüber.«

Vance nahm den Dolch aus der Tasche. »Kennen Sie das Ding hier?« fragte er.

Hanis Augen weiteten sich, und dann bewölkte sich sein Gesicht. »Woher ist dieser Pharaonendolch?« stieß er hervor.

»Dr. Bliss brachte ihn aus Ägypten mit. Haben Sie ihn noch nie gesehen?«

»Hätte ich ihn gesehen, so wäre es meine Pflicht gewesen, meiner Regierung davon zu berichten. Es ist ein sehr wertvolles Stück aus dem Grab des Ai. Hier, sehen Sie, ist die Cartouche des Königs. Er hätte in die liebenden Hände des Museums in Kairo gehört. Dr. Bliss hatte kein Recht ... Wann sahen Sie den Dolch zum erstenmal?«

»Vor ein paar Minuten«, antwortete Vance. »Er steckte im Kopfbrett, genau hinter der Stelle, auf der Dr. Bliss' Kopf gelegen hätte, wäre er nicht zur Seite gerutscht.«

»Oh. Da muß doch irgendwo eine Scheide dazu sein.«

»Natürlich.« Interesse blitzte in Vances Augen auf. »Goldgeprägt, wenn ich sie auch nicht gesehen habe. Wir werden sie wohl suchen müssen, weil wir dann mehr wissen.«

»Sie ist leicht zu verstecken«, bemerkte Hani.

»Ich glaube, es wird nicht schwierig sein, sie zu finden. Könnten Sie einen Vorschlag machen, wo wir zu suchen beginnen sollten?«

»Nein, Effendi. Jetzt noch nicht. Ich bräuchte erst Zeit, darüber nachzudenken.«

»Schön. Ich schlage vor, Sie kehren in Ihr Zimmer zurück und meditieren darüber. Und seien Sie doch so gut, an Mr. Salveters Tür zu klopfen und ihm zu sagen, daß wir ihn brauchen.«

Hani verbeugte sich und ging.

»Der Kerl ist mir zu schlüpfrig«, stellte Heath fest, als Hani verschwunden war. »Würd' mich gar nicht wundern, wenn er den Dolch selbst geworfen hätte.«

»Oh, vielleicht hat er zärtlich an Dr. Bliss' Kehle gedacht«, meinte Vance. »Aber die Sache mit dem Dolch bekümmert mich gar nicht so sehr. Mir macht das, was nicht geschehen ist, viel mehr Sorgen. Das Bild nämlich, das sich uns zeigte, war noch nicht fertig. Einiges fehlte noch, vor allem der Firnis. An einigen Stellen schaute sogar noch die Leinwand durch...«

Da kam Mr. Salveter in einem verknautschten Seidenmorgenrock über dem Schlafanzug. Er blinzelte verschlafen ins Licht.

»Was ist jetzt wieder los?« fragte er.

»Jemand hat den Doktor zu ermorden versucht, deshalb kamen wir schnell herüber. Wissen Sie etwas davon?«

»Den Doktor ermorden... Wie? Wann?«

»Kurz nach Mitternacht. Fehlschlag.« Vance schob Salveter den Dolch zu. »Kennen Sie das Spielzeug?«

Der junge Mann musterte erstaunt den Dolch. »Das ist ja ein ganz seltenes Museumsstück! Woher haben Sie das denn? Sicher gehört es nicht zur Kollektion Bliss.«

»Oh, doch. Privatbesitz sozusagen. Es wurde immer vor Späheraugen verborgen gehalten. Wir fanden den Dolch im Kopfbrett von Dr. Bliss' Bett. Es war aber keine artistische Meisterleistung, eher ein Amateurpfusch.« Dann berichtete er in kurzen Worten, was Dr. Bliss erzählt hatte.

Nun erschien Hani mit einem kleinen Gegenstand in der Hand. »Hier, Effendi«, sagte er leise. »Das ist die Scheide des Pharaonendolches. Ich fand sie an der Fußbodenleiste der Halle im zweiten Stock, ganz in der Nähe der Treppe.«

»Oh, vielen Dank, Hani. Ich dachte mir schon, daß Sie das Ding finden würden, nur nicht in der Halle. Nein, nein, das stimmt nicht.«

»Ich habe Ihnen meine Geschichte erzählt, und Sie können Ihre eigenen Schlüsse ziehen, Effendi«, erwiderte Hani.

Vance schien damit zufrieden zu sein und winkte ab. »Gehen Sie wieder zu Bett. Wir brauchen Sie heute nicht mehr.«

Vance schob sorgfältig den Dolch in die goldgeprägte Scheide. »Hübsch, nur viel zu verspielt«, bemerkte er. »Die Achtzehnte Dynastie war schon etwas zu dekadent. Hier, Mr. Salveter, das wird Sie interessieren. Ein Schakalkopf.«

»Anupu? Das ist Hanis zweiter Name.« Salveter studierte das Muster. »Merkwürdig. Diese Kopten sind ungeheuer abergläubisch, und für alles haben sie Symbole. Hani ist da keine Ausnahme.«

»Ah, eine sehr hübsche Theorie, aber ich fürchte, Hani ist lange nicht so dumm und abergläubisch, wie man meint ... Übrigens«, wechselte er unvermittelt das Thema, »wann gingen Sie gestern zu Bett?«

»Um halb elf, und ich schlief, bis mich Hani jetzt aufweckte.«

»Sie holten doch für Dr. Bliss das Tagebuch aus seinem Studio, nicht wahr? Gut. Und dieser Dolch war in derselben Schublade aufbewahrt.«

Salveter sprang auf. »Was wollen Sie damit andeuten?« rief er zornig.

»Ich würde es begrüßen, wenn Sie sich wieder beruhigen wollten«, redete ihm Vance zu. »Ihre Vitalität laugt mich aus. Sperren Sie Ihre Tür nachts ab?«

»Ja, nachts sperre ich sie immer ab. Untertags ist sie offen, damit das Zimmer gelüftet wird.«

»Hörten Sie etwas? Ehe Sie einschliefen, natürlich.«

»Nein, gar nichts. Ich schlief auch sofort ein. Die Reaktion, wissen Sie.«

»Was taten eigentlich die einzelnen Mitglieder des Haushalts nach dem Dinner?« fragte Vance und stand auf.

»Hani ging, glaube ich, sofort nach oben. Der Doktor und Mrs. Bliss saßen zusammen mit mir etwa eine Stunde lang im Salon, dann ging er hinauf, wenig später folgte ihm Meryt-Amen. Ich versuchte noch etwas zu lesen und ging gegen halb elf.«

»Vielen Dank, das wäre alles. Sie können Mr. und Mrs. Bliss sagen, daß wir sie heute nacht nicht mehr stören werden. Voraussichtlich werden wir uns morgen früh wieder mit ihnen in Verbindung setzen. Markham, wir gehen jetzt. Hier können wir doch nichts mehr tun.«

»Ich schon«, warf Heath ein. »Ich würde diesen Leuten die Wahrheit herausquetschen, statt sie wie rohe Eier zu behandeln.«

Wir standen vor der Haustür, und Vance zündete sich eine Zigarette an. Plötzlich versteifte er sich.

»Hallo, Mr. Salveter!« rief er, und der junge Mann kam sofort wieder die Treppe herab. »Was ist denn mit dem Licht im Museum?«

Erst jetzt sahen wir den dünnen Lichtstreifen unter der Stahltür. »Das weiß ich nicht«, sagte Salveter erstaunt und ging auf die Tür zu. »Aber ich schaue sofort nach.«

»Lassen Sie, das tun wir selbst«, wehrte Vance ab und drehte, als Salveter verschwunden war, den Türknopf.

Es war Scarlett, der von Karteikästen und Aktenordnern eingerahmt am Tisch neben dem Obelisken saß und in seine Arbeit vertieft war. Als er uns hörte, schaute er auf.

»Hallo! Ich dachte, ihr seid für heute verschwunden«, sagte er.

»Jetzt ist es schon morgen, mein Freund«, berichtigte ihn Vance. »Seit wann bist du denn schon hier?«

»Oh, seit acht. Die Familie saß beim Dinner, und Brush hat mich eingelassen. Ich arbeite oft noch um diese Zeit, weil ich da meine Ruhe habe. Ich drehe dann die Lichter ab und sperre die Haustür zu. Das ist ganz normal.«

»Aber etwas ist hier passiert, das nicht normal ist«, berichtete ihm Vance. Er legte den Dolch auf den Tisch. »Kennst du dieses bizarre Instrument?«

»Oh, natürlich.« Scarlett grinste breit. »Wie bist du an den gekommen? Dieser Dolch ist doch eines von Dr. Bliss' dunkelsten Geheimnissen.«

»Wirklich? Aber du kennst ihn?«

»Ich habe ja gesehen, wie der alte Pirat ihn in sein Hemd schob, als er ihn fand. Ich habe den Mund gehalten; ging mich ja nichts an. Später, als wir wieder hier waren, erzählte er mir, er habe ihn aus Ägypten herausgeschmuggelt. Er hatte ständig Angst, Hani könne ihn entdecken. Ich mußte ihm ewiges Schweigen schwören. Er hielt ihn ja auch immer in seiner Schreibtischlade versteckt.«

»Wer wußte sonst noch von dem Dolch?«

»Ich weiß nicht einmal, ob er es Mrs. Bliss erzählte. Sie hätte es sicher mißbilligt, denn sie ist ihrem Heimatland treu ergeben, und das respektiert er. Hani und Salveter wußten, glaube ich, nichts davon.«

»Nun, jemand wußte sogar, wo er sich befand. Kurz nach Mitternacht rief Dr. Bliss bei mir an und sagte, jemand habe ihn damit zu ermorden versucht. Wir eilten also hierher und fanden den Dolch im Kopfbrett seines Bettes stecken.«

»Ja, was du nicht sagst! Merkwürdig, sehr merkwürdig...«

»Noch merkwürdiger, daß Hani die Scheide in der Halle ganz in der Nähe von des Doktors Tür fand. Das läßt natürlich zahllose Schlüsse zu, von denen die meisten sehr töricht sein werden. Deshalb begeben wir uns nun auch wieder nach Hause. Du machst jetzt auch Schluß?«

»Ja, ich habe lange genug hier gesessen. Ich wußte gar nicht, daß es schon so spät ist.«

Wir machten uns auf den Heimweg und verabschiedeten uns. »He, Scarlett, wenn ich du wäre, würde ich mich für einige Zeit vom Haus Bliss fernhalten«, sagte Vance dann noch, als Scarlett gerade durch die Haustür ging.

19

Samstag, 14. Juli, 2 Uhr nachts bis 10 Uhr vormittags

Wir unterhielten uns anschließend noch eine Weile über den Fall. Markham war wieder einmal ausgesprochen pessimistischer Stimmung und beklagte sich lebhaft über mangelnde Fortschritte. Durch den Anschlag auf Bliss' Leben sei die Sache nur noch verworrener geworden, meinte er.

Vance war anderer Meinung. »Ich glaube zu wissen, was gespielt wird«, sagte er. »Wenn das, was ich erwarte, nun passiert, dann kann ich dich von der Richtigkeit meiner Diagnose überzeugen. Ich sagte dir ja, das Bild sei noch nicht fertig. Ich weiß nur noch nicht, was auf die bisher noch leere Leinwand kommt. Vielleicht weiß es der Mörder selbst noch nicht. Er muß auf eine passende Gelegenheit warten. Und ich warte ebenso auf ein ganz bestimmtes Ereignis. Tritt es ein, dann kann ich dich mühelos überzeugen. Und es kann jeden Moment soweit sein. Bisher haben wir es immer vermieden, dem Mörder in die sorgfältig gestellte Falle zu gehen. Aber sie war auch noch nicht richtig beködert.«

»Vielleicht hast du recht«, meinte Markham nachdenklich. »Ich habe sehr großes Vertrauen zu deiner Intuition, du verdammter Ästhet. Es verstößt zwar gegen alle meine beruflichen Grundsätze, und Gott helfe mir, wenn du mich im Stich läßt... Wie ist das Programm für morgen?«

Vance nickte ihm beifällig und voll herzlicher Zuneigung zu. Dann lachte er. »Kein überwältigendes Kompliment für mich, was? Aber morgen ... In der Carnegie Hall ist ein Beethoven-Konzert.«

»Und im Grand Central Palace eine Orchideenschau«, fügte Markham ironisch hinzu. »Schau mal, Vance, wenn wir die Sache wie heiße Lava weiterlaufen lassen, kommen wir nicht weiter. Wenn der Mörder Kyles so erbarmungslos ist, wie du sagst, und sein Plan noch nicht erfüllt ...«

»Der Plan schließt keinen so gewalttätigen Mord mehr ein«, unterbrach ihn Vance. »Wir haben ein subtileres, vielleicht auch viel tödlicheres Stadium erreicht. Aber es ist nicht alles so verlaufen, wie es sich der Mörder ausgerechnet hatte. Wir haben ein paar seiner wichtigsten Züge blockiert. Er hat nun noch eine Kombination, und ich nehme an, daß er die bald ausprobiert.

Jedenfalls werde ich scharf aufpassen und mich gleich morgen früh weiter um die Sache kümmern. Vielleicht fällt mir dann auch der noch immer fehlende Schlüssel in die Hand. Du mußt mir noch vierundzwanzig Stunden Zeit lassen. Wenn wir dann jenen feinen Gentleman noch nicht haben, der an den Schnüren zieht, kannst du Heath auf die Familie loslassen.«

Am nächsten Morgen stand Vance um halb acht auf, und das war ungewöhnlich früh. Heath hatte, wie er den Morgenzeitungen entnahm, nur sehr sparsame Informationen ausgegeben, und das war ihm außerordentlich angenehm. Dann rief er Salveter an und bat um dessen Besuch.

Der junge Mann staunte nicht schlecht, als Vance ihm den Vorschlag machte, er solle doch heute noch nach Boston fahren, um dort im Museum etliche Daten zu besorgen, die für seine Arbeit wichtig seien. Das war Salveter recht, denn er hatte sowieso die Absicht gehabt, sich mit einem Experten von dort zu treffen, wenn auch erst einige Tage später. Als ihm Vance erklärte, ihm liege daran, daß er gegen neun Uhr abends abreise und erst am Abend des folgenden Tages zurückkomme, sagte ihm der junge Mann sofort zu. Dr. Bliss habe sicher auch nichts dagegen.

»Vom Bahnhof aus rufen Sie mich dann noch an. Nach morgen mittag können Sie dann jederzeit, wie es Ihnen behagt, nach New York zurückkehren«, erklärte ihm Vance noch.

»Ich nehme an, das ist ein Befehl«, meinte Salveter und lachte.

»Ja, ein sehr strikter und wichtiger Befehl sogar, Mr. Salveter. Sorgen um Mrs. Bliss brauchen Sie sich nicht zu machen. Hani wird sich zweifellos sehr um sie kümmern.«

Das war also erledigt, der junge Salveter stand nicht im Weg herum. Vance gähnte genießerisch und legte sich noch für zwei Stunden schlafen.

Das Dinner nahmen wir zusammen mit Markham bei Claremont. Vance erzählte ihm, daß er Salveter weggeschickt habe, und Markham ersparte sich jeden Kommentar dazu. Von der Wohnung aus riefen sie Heath an, er solle kommen. Vance meinte, seine Anwesenheit wirke immer so beruhigend auf ihn. Dann rief Salveter vom Bahnhof aus an, und wenig später erschien Heath.

Vance empfing ihn mit tröstlichem Zuspruch. »Vielleicht dürfen Sie Kyles Mörder noch vor Mitternacht verhaften«, stellte er ihm in Aussicht.

»Tatsächlich?« fragte Heath skeptisch. »Kommt der Kerl selbst und bringt er alle Beweise mit? Ein reizender Bursche.«

»Nicht ganz so, Sergeant. Ich denke aber, er wird nach uns schikken und vielleicht sogar so großmütig sein, uns den wichtigsten Schlüssel selbst zu überreichen.«

»Dann spinnt er wohl«, meinte Heath. »Wenn er verrückt ist, verurteilt ihn keine Jury. Dann kriegt er einen Wisch, mit dem er für sein ganzes Leben in die Klapsmühle gesteckt wird. Jetzt ist es, Moment mal, zehn Uhr. Wann soll die Schau ablaufen?«

»Oh!« machte Vance erstaunt. »Ich dachte nicht, daß es schon so spät sei. Eigentlich nahm ich an, daß dieses Ereignis, mit dem ich rechnete, sofort nach Salveters Abreise eintreten würde. Da muß etwas nicht ganz richtig gelaufen sein. Aber ich hätte gern Scarlett hier, ehe ich die ganze Sache noch einmal kurz skizziere. Er könnte sicher ein paar Lücken ausfüllen.«

Markham übernahm die telefonische Benachrichtigung, mußte jedoch feststellen, daß Scarlett, wie seine Wirtin sagte, gegen acht zum Museum ging, aber um neun wieder zurück sein wollte. Er habe um diese Zeit eine Verabredung gehabt, und sein Gast warte noch immer auf ihn.

Aber im Museum meldete sich Scarlett auch nicht.

»Verdammt«, murmelte Vance und dachte eine Weile angestrengt nach. »Das gefällt mir ganz und gar nicht, Markham ... Allmählich wird mir recht mulmig. Wir hätten ja auch ... Nein, wir können nicht mehr warten. Komm, Markham, und Sie, Sergeant, kommen auch mit. Wir müssen zum Museum. Vielleicht kommen wir noch zur rechten Zeit dort an.«

Ein paar Minuten später bogen wir mit pfeifenden Reifen um die Ecke der Park Avenue, um zum Museum zu fahren.

20

Samstag, 14. Juli, 10.10 Uhr abends

Zehn Minuten später hatten wir das Museum erreicht. Vance verlangte sofort, Brush möge ihm Dr. Bliss holen, doch er war nicht in seinem Arbeitszimmer. Vance schickte ihn aus, im Schlafzimmer nachzusehen, doch in dem Moment kam Hani die vordere Halle entlang.

»Er ist nicht oben«, sagte er. »Vielleicht hält er sich im Museum auf.«

Vance musterte ihn nachdenklich. »Seltsam, daß Sie immer aufkreuzen...« Er schob die Museumstür auf; es brannte kein Licht. »Er scheint aber nicht da zu sein«, stellte er fest.

»Vielleicht ist er ausgegangen, um frische Luft zu schöpfen«, vermutete Hani. »Selbstverständlich sehe ich auch gern oben nach, wenn Sie wollen.« Damit ging er nach oben.

»Wann ist Mr. Scarlett heute weggegangen?« wandte sich Vance an den Butler.

»Das weiß ich nicht, Sir. Er kam um acht Uhr. Ich ließ ihn ein. Vielleicht ist er etwas später mit Dr. Bliss weggegangen. Er wollte nämlich mit Dr. Bliss sprechen, und ich sagte ihm, er sei im Studio. Ich begab mich wieder in die Küche.«

»War an Mr. Scarlett etwas Ungewöhnliches zu bemerken?«

»Wenn Sie mich danach fragen, Sir: Er war etwas steif und unnahbar, als beschäftige ihn etwas sehr.«

»Und er ging also zum Studio. Da sahen Sie ihn zuletzt?«

»Jawohl, Sir.«

»Danke, Brush. Halten Sie sich doch bitte vorläufig im Salon auf.«

Hani kam langsam die Treppe herab. »Wie ich schon sagte, Dr. Bliss ist nicht oben«, meldete er.

»Wissen Sie, daß Mr. Scarlett heute abend kam und nach Dr. Bliss fragte?«

»Ja, das hörte ich. Soviel ich weiß, verbrachten sie dann auch etwa eine halbe Stunde zusammen. Mr. Scarlett ließ nämlich die Studiotür einen Spalt offen, und ich hörte die beiden sprechen. Ich konnte jedoch nichts verstehen. Seit ich dann nach oben ging, sah ich weder Dr. Bliss noch Mr. Scarlett.«

»Wo war Mr. Salveter während dieser Besprechung im Studio?«

»War er denn hier? Er sagte mir, er würde nach Boston fahren.«

»Mit dem Zug um halb zehn. Vor neun brauchte er nicht zu gehen. Wo war er zwischen acht und neun?«

Hani zuckte die Achseln. »Ich habe ihn nicht gesehen. Nach acht war er sicher nicht mehr hier.«

»Sie lügen, Hani. Was glauben Sie, daß heute hier geschehen ist?«

»Ich denke, vielleicht ist Sakhmet zurückgekehrt.«

Nun wurde Vance blaß und außerordentlich unruhig. »Hani, gehen Sie in Ihr Zimmer und warten Sie dort«, sagte er brüsk.

»Effendi, Sie brauchen jetzt meine Hilfe nicht. Sie verstehen vieles«, sagte er und schritt würdig davon.

Vance lief zum Studio und knipste sämtliche Lichter an. Er schaute zu den Fenstern hinaus und untersuchte den ganzen Raum. Dann lief er die Wendeltreppe hinab. »Er wird wohl im Museum sein«, rief er über die Schulter zurück. »Sergeant, kommen Sie, es gibt Arbeit! Das Böse wurde losgelassen ...«

Neben dem langen Tisch blieb er stehen, und seine Augen huschten blitzschnell durch den Raum. Ich blieb mit Markham und Heath am Fuß der Treppe stehen.

»Ich weiß nicht, er ist nicht da«, sagte Vance, und sein Ton jagte mir kalte Schauer über den Rücken. Er ging um eine Statue nach der anderen herum und klopfte sie ab. »Alle solid«, murmelte er. »Wir müssen die Mumienschreine kontrollieren, Sergeant, fangen Sie an dem Ende dort an. Die Deckel sind leicht abzuheben, und wenn nicht, dann machen Sie's mit Kraft.« Er selbst ging zu dem Sarkophag neben der Statue des Kha-ef-Re.

Heath machte sich mit Hingabe an die Arbeit, doch Markham fühlte sich zunehmend unbehaglich. »Das sind doch wertvolle Schätze, Vance«, wandte er ein. »Und wir haben kein Recht ...«

»Und wenn ein Toter in einem der Särge liegt?« fragte er mit einer Stimme, die Markham zu einem Stirnrunzeln veranlaßte. »Ein Toter, zwischen acht und neun Uhr hier versteckt ...«

Markham sagte nichts mehr, und die fieberhafte Suche ging weiter. Nichts wurde gefunden. Vance war über alle Maßen besorgt und schien sehr enttäuscht zu sein. »Aber es ist doch gar nicht möglich«, murmelte er. »Hier hat es heute eine Tragödie gegeben, und wir kamen zu spät, um sie zu verhüten.«

»Wir hätten Vorsichtsmaßnahmen treffen sollen«, bemerkte Markham.

»Ah! Wir haben getan, was möglich war. Die heutige Tragödie war nicht Teil des Planes, sie ist ein ganz neues Element ... Ich muß nachdenken und versuchen, den Gedankengängen des Mörders zu folgen.«

In langen Schritten lief er im Museum herum. Heath stieß große Rauchwolken aus und verbrannte sich die Finger an seiner Zigarre, und ich beobachtete ihn und Vance. Plötzlich nahm Heath die Zigarre aus dem Mund, schüttelte den Kopf und bückte sich über einen Mumienschrein. »Na, das ist auch nicht der richtige Platz für einen Wagenheber«, stellte er fest. Er warf ihn in den Mumiensarg zurück und setzte sich zu Füßen der Kha-ef-Re-Statue hin. Weder Vance noch Markham schienen seine Entdeckung bemerkt zu haben.

Vance lief noch immer herum. »Alles deutet hierher, Markham«, sagte er enttäuscht. »Es bestand doch gar keine Notwendigkeit, den Beweis verschwinden zu lassen, da man uns für die nächsten Tage ja nicht erwartete.« Aber in dem Moment spannte sich sein ganzer Körper, und seine Augen wurden immer größer. »Ein Wagenheber! Oh, meine liebe, alte Tante!«

Er lief zum schwarzen Sarkophag unter den vorderen Fenstern und musterte ihn. »Zu hoch«, murmelte er. »Nein, das wäre nicht möglich ... Aber irgendwie mußte es doch ...« Sein Blick fiel auf ein niederes Tischchen aus stabiler Eiche. »Das stand gestern noch nicht da, sondern neben dem kleinen Tisch beim Obelisk. Scarlett hat es benützt. Und die Platte ist verkratzt. Hm. Schnell, Sergeant! Bringen Sie mir diesen Wagenheber!«

Vance stellte den Wagenheber auf das Tischchen, und zwar so, daß der Fuß auf den Kratzern in der Platte stand. Der Hebekopf befand sich etwa eine Fingerbreite unter dem etwas vorstehenden Sarkophagdeckel, den er nun langsam hob. Der Granitdeckel war ungeheuer schwer, und Vance brauchte sehr viel Kraft für diese Arbeit. Dann war der Wagenheber bis zur äußersten Grenze ausgefahren, und der Sarkophagdeckel hatte sich um etwa einen Fuß gehoben.

Sorgfältig prüfte Vance die Standfestigkeit und fand sie ausreichend. Heath hatte schon seine Taschenlampe bereit und leuchtete in das dunkle Innere des Sarkophags.

»Du lieber Himmel!« stöhnte er.

Ich stand unmittelbar hinter ihm, lehnte mich über seine breiten Schultern und sah sofort das entsetzliche Ding, das ihm diesen Schrei entlockt hatte. Es war ein zusammengekrümmter menschlicher Körper, der mit dem Kopf voran durch die schmale Öffnung geschoben worden sein mußte.

»Licht ruhig halten, Sergeant«, mahnte Vance. Seine ruhige, energische Stimme brach die Spannung des Entsetzens. »Markham, hilf mir. Vorsicht! Nicht den Wagenheber berühren!«

Ich sah, wie ihnen die Schweißtropfen über die Stirn liefen, als sie den Körper ungeheuer vorsichtig herausholten. Endlich rutschten die Beine über den Sarkophagrand und schlugen am Boden auf. Da entfiel Heath die Taschenlampe. Das Licht ging aus, und er stöhnte keuchend, als er rücklings umfiel. Daß auch er außer Fassung sein konnte, machte ihn mir noch viel sympathischer.

»Scarlett!« rief Markham fassungslos.

Vance nickte. Scarletts Gesicht war violett angelaufen, und die Augen quollen ihm vor Sauerstoffmangel aus den Höhlen. An der Nase hatte er geronnenes Blut. Vance horchte sein Herz ab und fühlte den Puls. Dann hielt er ihm seine goldene Zigarettendose vor den Mund.

»Schnell, Sergeant, eine Ambulanz! Schnell!« rief er erregt. »Scarlett lebt noch!« Heath rannte die Treppe hinauf in die Halle.

»Ich verstehe es nicht«, murmelte Vance. »Ich habe ihm doch gesagt, er soll sich von hier fernhalten. Aber er ist ein typischer Engländer. Er kannte die Gefahr und kam her, um die Tragödie zu beenden.«

»Wir müssen sofort etwas unternehmen«, sagte Markham sichtlich verstört.

»Ja, natürlich, aber wir haben keine Beweise, außer ... Dieser Hieroglyphenbrief müßte doch hier irgendwo sein. Aber Scarlett kam ja unerwartet ... Ob er auch davon wußte?« Er schaute im Sarkophag nach, fand jedoch nichts. Dann tastete er alle Taschen Scarletts ab und wurde belohnt. In einer Brusttasche fand er ein verknittertes gelbes Notizblatt, das er in seine Tasche steckte.

Heath kam und meldete, daß die Ambulanz unterwegs sei. Vance schrieb etwas auf einen alten Umschlag und reichte ihn Heath. »Geben Sie doch bitte sofort dieses Telegramm durch. Ich habe Salveter nach New Haven telegrafiert, er solle in New London den Zug verlassen und sofort nach New York zurückkehren«, erklärte er Markham. »Morgen früh könnte er hier sein.«

»Wird er denn kommen?«

»Natürlich.«

Die Ambulanz kam, und man hob Scarlett behutsam auf eine Trage. Der begleitende Arzt sagte, es sehe ziemlich schlecht aus, denn Scarlett habe einen Schädelbasisbruch, und die Atmung sei sehr schwach und unregelmäßig. »Er hat Glück, wenn er durchkommt, und dann muß er lange im Krankenhaus bleiben.«

»Ich rufe dann später das Krankenhaus an«, sagte Markham. »Wenn Scarlett wieder bei sich ist, kann er uns sicher einiges sagen.«

»Rechne nicht zu sehr darauf«, warnte Vance. »Diese Episode heute hat mit der anderen Geschichte ursächlich nichts zu tun.« Er ließ vorsichtig den Granitdeckel wieder herab. »Ein bißchen gefährlich, das Ding offen zu lassen.«

»Was hast du in Scarletts Tasche gefunden?« erkundigte sich Markham.

»Es muß etwas sehr Aufschlußreiches in ägyptischen Schriftzeichen sein. Mal sehen...« Er breitete das Papier auf dem Sarkophagdeckel aus. Es glich fast genau dem Brief, den Vance in Bliss' Studio zusammengestellt hatte. Die Farbe des Papiers war dieselbe, und die vier Reihen Hieroglyphen waren mit grüner Tinte geschrieben.

»Was heißt das?« fragte Markham ungeduldig. »Lies mir's vor!«

»Mein Lieber, sei froh, wenn ich dir eine Rohübersetzung davon geben kann. In eine verständliche Sprache gebracht, heißt es etwa so: *Meryt-Amen: Ich warte hier auf meinen Onkel. Diese Situation kann ich nicht länger ertragen. Deshalb habe ich mich unseres Glückes wegen zu handeln entschlossen. Später wirst Du alles verstehen, und wenn wir alle Hindernisse beseitigt haben und glücklich sind, wirst Du mir auch verzeihen.* Na, ist das nichts?«

»Donnerwetter!« stöhnte Heath und musterte Vance kritisch. »Und den Vogel haben Sie nach Boston geschickt!«

»Morgen ist er wieder zurück«, versicherte ihm Vance.

»Was war mit dem anderen Brief, den du zusammengesetzt hast, und wie kam dieser Brief in Scarletts Tasche?« wollte Markham wissen.

»Es ist wohl an der Zeit, euch alles zu erklären«, antwortete Vance. »Wenn wir die Tatsachen haben, können wir unsere künftigen Schritte festlegen. Es wird Schwierigkeiten geben, aber jetzt habe ich alle Beweise, auf die ich hoffen konnte...« Er war aber sehr besorgt. »Scarletts Dazwischentreten hat den Plan des Mörders geändert, aber ich kann euch jetzt wenigstens von einer unglaublichen und grausigen Wahrheit überzeugen.«

Markham musterte ihn eine Weile. »Allmächtiger Gott!« stöhnte er dann. »Jetzt weiß ich, was du meinst... Aber ich muß das Krankenhaus anrufen. Wenn Scarlett lebt, kann er uns vielleicht weiterhelfen.«

Ein paar Minuten später kam er sehr düster zurück. »Es besteht wenig Aussicht für Scarlett. Er wird künstlich beatmet, und wenn sie ihn durchbringen, wird er noch etwa zwei Wochen bewußtlos sein.«

»So etwas habe ich gefürchtet.« Selten hatte ich Vance so betrübt gesehen. »Wir kamen zu spät. Aber, verdammt, ich habe ihn doch gewarnt! Wie konnte ich ahnen, daß er so tollkühn ist!«

»Komm, Alter, mach dir keine Vorwürfe«, redete ihm Markham zu. »Ist doch nicht deine Schuld. Und recht hattest du, daß du die Wahrheit für dich behieltest.«

»Mir ist es nicht recht«, meldete sich Heath. »Ich bin nie ein Feind der Wahrheit.«

»Wir gehen lieber in den Salon«, schlug Vance vor. »Dort können wir besser reden.«

21

Samstag, 14. Juli, 10.40 Uhr abends

Vance schickte Brush weg, der Hani holen sollte; der Butler war kaum gegangen, als Dr. Bliss das Haus betrat und in den Salon kam.

»Guten Abend, Doktor«, begrüßte ihn Vance. »Ich hoffe, wir stören nicht. Wir möchten gern Hani einige Fragen stellen, solange Mr. Salveter abwesend ist.«

»Ah, ich verstehe«, antwortete Bliss und nickte düster. »Ich hatte nichts dagegen, daß er dieser bedrückenden Atmosphäre entkommen wollte.«

»Wann verließ er das Haus?« fragte Vance scheinbar uninteressiert.

»Gegen neun.«

»Wo war er zwischen acht und neun?«

»Bei mir im Studio. Wir gingen einige Reproduktionen durch.«

»War er bei Ihnen, als Scarlett kam?«

»Ja.« Bliss runzelte die Stirn. »Merkwürdig, Scarletts Besuch. Er schien mit Salveter allein reden zu wollen und war sehr kalt zu ihm. Er beobachtete Salveter wie ein Falke. Als dieser ging, begleitete ihn Scarlett.«

»Und Sie, Doktor?«

»Ich blieb im Studio. Von den beiden habe ich dann keinen mehr gesehen. Um halb zehn machte ich mich zu einem Spaziergang auf und schaute kurz in das Museum, weil ich dachte, Scarlett könnte mitkommen wollen. Aber es war dunkel. Deshalb ging ich dann allein und schlenderte zum Washington Square.«

»Vielen Dank, Doktor. Wir werden Sie heute kaum mehr belästigen.«

Hani betrat den Salon. »Moment, Doktor«, rief ihm Vance nach. »Vielleicht habe ich dann noch eine Frage zu Mr. Salveter. Bleiben Sie doch bitte im Studio.«

»Natürlich«, antwortete Dr. Bliss und ging.

Vance warf Hani einen merkwürdigen Blick zu, den ich nicht verstand.

»Ich habe mit Mr. Markham etwas zu reden«, sagte Vance zu ihm. »Würden Sie bitte in der Halle aufpassen, daß niemand uns dabei stört?«

»Mit Vergnügen, Effendi.« Er nahm seinen Posten draußen ein.

Vance schloß die Falttür und setzte sich an den Mitteltisch. »Du, Markham, und Sie, Sergeant, ihr hattet gestern früh recht, als ihr Dr. Bliss für schuldig hieltet an der Ermordung von Mr. Kyle . . .«

»Na, so was!« Heath sprang auf. »Was, zum Teufel . . .!«

»Sergeant, setzen Sie sich und halten Sie doch den Mund. Ihr Temperament ist manchmal störend. Sie bemerkten ein wenig unelegant, er habe Mr. Kyle ›abgemurkst‹. Sie werden auch nicht vergessen haben, daß ich erwähnte, wir könnten gleichzeitig am selben Bestimmungsort auch dann ankommen, wenn wir aus verschiedenen Richtungen kämen.«

»Und warum haben Sie's dann nicht zugelassen, daß ich ihn verhafte?« fuhr Heath auf.

»Weil er genau das wollte.«

»Ich geb's auf«, stöhnte Heath. »Die ganze Welt ist übergeschnappt.«

»Moment«, warf Markham ein. »Ich verstehe die Geschichte allmählich. Mr. Vance soll weiterreden.«

»Ich wußte, oder besser, ich vermutete innerhalb fünf Minuten, nachdem ich das Museum gestern vormittag betreten hatte, daß Bliss schuldig ist«, erklärte Vance. »Scarletts Geschichte von der Verabredung gab mir den ersten Hinweis, Bliss' Telefonanruf und seine Bemerkungen über die neue Lieferung paßten genau dazu. Er versuchte nun den Verdacht von sich damit abzulenken, daß er die Spuren, die auf ihn deuteten und die er selbst legte, überzeichnete. Deshalb wußte ich, daß er Kyle ermordet hatte, aber den Verdacht von sich ablenken wollte.

Wenn Sie zurückdenken, werden Sie sich erinnern, Sergeant, daß ich niemals gesagt habe, ich hielte Bliss für unschuldig. Ich gab der Meinung Ausdruck, die Beweise reichten nicht aus, um Bliss auch nur zu verhaften, geschweige denn anzuklagen. Ich wußte ja, die Spuren waren Fallen, die uns Bliss gestellt hatte. Und Mr. Markham weiß ebensogut wie ich, daß mit diesen Beweisen eine Verurteilung von Dr. Bliss nicht möglich gewesen wäre.«

»Ja, das stimmt«, pflichtete ihm Markham bei.

»Obwohl ich das wußte, ahnte ich nicht, wer letzten Endes die Person war, die er hineinziehen wollte. Es konnte Salveter ebenso gut sein wie Scarlett, Hani oder Mrs. Bliss. Also mußte erst das eigentliche Opfer des Komplotts bestimmt werden. Ich durfte also Bliss nicht auf den Gedanken kommen lassen, daß ich ihn für den Mörder hielt, wenn ich natürlich auch seine ausgelegten Fallen vermeiden mußte. Ich wollte, daß er mir Spuren lieferte, die zum eigentlichen Opfer führten und gleichzeitig als schlüssiger Beweis gelten konnten. Deshalb bat ich, mein Wartespiel mitzuspielen.«

»Es lag aber doch einige Gefahr darin, wenn Bliss sich selbst verhaften lassen wollte?« fragte Markham.

»Sehr wenig. Er vertraute darauf, daß ihn ein geschickter Anwalt reinwaschen und Salveter dafür die Schuld zuschieben konnte. Er konnte sich auf einen Freispruch ziemlich verlassen. Nein, ein großes Risiko ging er nicht ein, aber es stand viel für ihn auf dem Spiel. War er verhaftet, konnte er um so leichter Salveter beschuldigen; deshalb war ich gegen seine Verhaftung, weil sie ihm nur in die Hände gespielt hätte. Er wollte sie ja. Und um Salveter hineinzureiten, mußte er noch einige Beweise schaffen.

Dann das Motiv. Bliss wußte, daß er von Kyle kein Geld mehr zu erwarten hatte. Er hätte aber alles getan, um eine Weiterführung seiner Forschungen zu sichern. Und er war ungeheuer eifersüchtig auf Salveter, denn er wußte, daß Mrs. Bliss den jungen Spund liebte.

Der Hauptfaktor war das Geld, denn Meryt-Amen sollte ja Kyles Reichtum erben. Und er wollte Salveter aus Meryt-Amens Herzen verdrängen. Disqualifizieren war aber hier viel besser als Töten. Er mußte es also so hindrehen, daß Salveter nicht nur seinen Onkel umgebracht, sondern auch versucht hatte, einen anderen dafür auf den elektrischen Stuhl zu schicken.

Mit einem Stein traf Bliss damit drei Vögel. Er wurde in Meryt-Amens Augen zum Märtyrer, schaltete Salveter aus und verschaffte seiner Frau ein Vermögen, mit dem er seine Ausgrabungen fortsetzen konnte. Selten findet man bei einem Mord ein so hervorragendes dreifaches Motiv. Tragisch ist nur, daß Mrs. Bliss mindestens zur Hälfte an Salveters Schuld glaubte. Sie litt schrecklich. Sie wollte den Mörder bestraft wissen, fürchtete gleichzeitig aber, es könne Salveter sein.«

»Bliss schien sich aber nicht sehr darum zu bemühen, die Schuld auf Salveter zu schieben«, warf Heath ein.

»Oh, doch, Sergeant. Es war ein sehr gekonnt gespieltes Zögern. Erinnern Sie sich meiner Frage, wer die Medikamente verwaltete? Bliss stotterte, als wolle er einen anderen schützen. Sehr gerissen, nicht wahr? Ich wußte ja weiter kaum etwas als das, daß Bliss der Mörder war. Daß Salveter das Objekt seines Komplotts war, ahnte ich anfangs noch nicht. Deshalb mußte ich die Wahrheit herauszubekommen versuchen.«

»Aber ich hatte recht, als ich sagte, Bliss sei der Mörder«, erklärte Heath nachdrücklich.

»Sicher, Sergeant. Es tat mir furchtbar leid, daß ich Ihnen widersprechen mußte. Wollen Sie mir verzeihen?« Er streckte ihm die Hand entgegen.

»Hm. Vielleicht«, brummte Heath und schüttelte Vances Hand. »Aber ich hatte recht!«

Vance grinste breit und fuhr fort: »Die Sache selbst war einfach. Bliss rief in Anwesenheit aller anderen Kyle an und verabredete sich mit ihm für elf Uhr. Er erwähnte die neue Lieferung und schlug vor, Kyle solle frühzeitig kommen. Er war, als er diese Verabredung traf, schon zum Mord und zum ganzen Komplott entschlossen. Deshalb ließ er absichtlich die Skarabäusnadel auf seinem Schreibtisch liegen, und als er Kyle ermordet hatte, legte er Nadel und Finanzbericht neben die Leiche.

Bliss wußte, daß Salveter nach dem Frühstück auf einen Sprung ins Museum ging, und er legte Kyles Besuch so fest, daß sich die beiden wohl treffen mußten. Dann schickte er Salveter weg, damit er dessen Onkel Kyle töten konnte.

Er baute auch die Statue der Sakhmet so auf, daß sie wie eine Falle wirkte. Der Mörder konnte jederzeit zurückkommen und Spuren aufbauen, aber Voraussetzung war natürlich, daß Bliss im Opiumschlaf lag.«

»Dann war also die Falle nur eine Finte?« fragte Heath.

»Klar, und nichts anderes. Es mußte so aussehen, daß Salveter auch dann der Mörder sein konnte, wenn er zur Mordzeit gar nicht im Haus war. Das war für Bliss außerordentlich günstig, denn wer sollte ihn für schuldig halten, wenn er eine direkte Möglichkeit hatte, Kyle umzulegen? Diese Falle war außerordentlich raffiniert.«

»Aber der Bleistift«, wandte Markham ein.

»Mein Freund, das ist doch ganz einfach. Ein Mann, der eine Todesfalle plant, benützt dazu nicht seinen eigenen Bleistift. Wenn er also den Verdacht auf einen anderen lenken will, dann muß er sogar seinen eigenen Bleistift benützen, um es überzeugender aussehen zu lassen. Ich fiel darauf allerdings nicht herein.

Die Statue dürfte auch kaum so auf Kyles Kopf gefallen sein. Ein Mann, der von einer Statue erschlagen wird, fällt auch nicht so zu Boden, wie Kyle dort lag. Das wurde mir absolut klar, als wir den Test machten, denn die Statue fiel genauso dorthin, wo und wie Kyles Kopf gelegen hatte. Ich sagte darüber nichts, weil ich wollte, daß ihr beide an die Todesfalle glaubt.

In Wirklichkeit wurde Kyle getötet, als er vor dem Schrank stand. Jemand erschlug ihn von hinten, vermutlich mit einem der Porphyrstäbe. Dann wurde seine Leiche so zurechtgelegt, wie wir sie fanden. Die Statue der Sakhmet diente dazu, die Spur des ersten Schlages zu verwischen.«

»Wenn du aber nun den losen Messingring nicht bemerkt hättest . . . ?«

»Dann hätte uns Bliss darauf aufmerksam gemacht.«

»Aber die Fingerabdrücke?« warf Heath ein.

»Die waren genau kalkulierte Absicht. Schon wieder ein Beweis gegen Bliss. Aber er hatte noch ein Alibi in Reserve, das außerordentlich einfach war: er hatte Sakhmet in die Mitte gerückt, denn er ist ein Pedant. Die Erklärung dafür, daß keine anderen Fingerabdrücke an der Statue waren, konnte später noch kommen, nach seiner Verhaftung — die von Salveter gestellte Todesfalle.

Bliss sicherte jeden Beweis mit einer zu Salveter führenden Spur. Der Schuh zum Beispiel. Er trug weiche Hausschuhe, und in seinem Studio wurde nur ein Tennisschuh gefunden. Der andere war in seinem Schlafzimmer, genau dort, wo er sagte, daß er sein müsse. Bliss nahm nur den einen Schuh mit nach unten, tauchte ihn in das Blut, machte die Abdrücke und warf den eingewickelten Schuh dann in den Papierkorb. Er wollte, daß wir die Abdrücke und auch den Schuh finden sollten, und das taten wir auch. Nach der Verhaftung wäre seine Erklärung dahin gegangen, daß jemand einen Schuh aus seinem Zimmer geholt habe und damit die Spuren machte, um den Verdacht auf ihn zu lenken.«

»Aber nach der Entdeckung des Opiums in seiner Kaffeetasse hätte ich am liebsten auch an seine Unschuld geglaubt«, gab Markham zu.

»Ach, das Opium! Das perfekte Alibi! Auch das Gericht wäre vermutlich darauf hereingefallen. Dabei hat Bliss nur soviel Opium in seine leergetrunkene Tasse getan, daß man ihm glauben konnte. Aber ich wußte, daß er kein Opium im Kaffee getrunken hatte. Opium macht die Pupillen sehr winzig, aber die Erregung vergrößerte die seinen ungewöhnlich. Deshalb wußte ich, daß er simulierte, und da wurde ich selbstverständlich sehr mißtrauisch.«

»Aber die Opiumbüchse wurde doch in Salveters Zimmer gefunden«, bemerkte Heath. »Die Sache habe ich nie begriffen.«

»Hani!« rief Vance in die Halle hinaus, und der Ägypter erschien unter der Tür. »Sagen Sie, Hani, ich bewundere Ihre Fähigkeit, uns hinters Licht zu führen, außerordentlich; aber zur Abwechslung könnten Sie uns einmal eine Tatsache servieren. Wo haben Sie die Opiumbüchse gefunden?«

»Effendi, Sie sind ein Mann großer Weisheit, und ich vertraue Ihnen. Ich fand sie in Mr. Salveters Zimmer.«

»Vielen Dank. Und jetzt gehen Sie bitte wieder in die Halle hinaus.«

Hani ging und schloß die Tür hinter sich.

»Da Bliss nicht zum Frühstück nach unten ging, wußte er, daß seine Frau und Salveter allein im Frühstückszimmer sein würden«, fuhr Vance fort. »Salveter hätte also leicht das Opium in den Kaffee schütten können. Ich mußte mitspielen und so tun, als hielte ich ihn für das Opfer eines Komplotts.«

»Ja, das begreife ich alles recht gut«, meinte Heath und nickte. »Wenn das von ihm ausgewählte Opfer das Opium nicht in den Kaffee getan haben konnte, wäre ja das Komplott verpufft. Aber wie war das dann mit dem Fluchtversuch?«

»Eine logische Folge des Vorhergehenden. Er machte sich Sorgen, als er nicht verhaftet wurde. Er war darüber sehr enttäuscht, weil sein ganzer Plan gestört war. Also mußte er neue Pläne machen, und das tat er auch. Was bot sich an, um doch noch verhaftet zu werden? Ein Fluchtversuch. Er hob also sein Geld von der Bank ab, fuhr mit dem Taxi zum Bahnhof und fragte laut und deutlich nach einem Zug nach Montreal. Er wußte ja, daß ihm ein Polizist gefolgt war. Hätte er wirklich die Absicht gehabt, zu fliehen, dann wäre ihm die Flucht auch gelungen. Er ist kein dummer Mann. Sehen Sie, Sergeant, deshalb war ich so sehr gegen Bliss' Verhaftung.«

Vance lehnte sich zurück, doch ich wußte, daß seine Spannung in nichts nachgelassen hatte. Er fuhr auch gleich wieder fort: »Weil ihm keine Handschellen angelegt wurden, mußte er die Geschichte mit dem Dolch erfinden. Auch sie war gegen Salveter gerichtet. Er schickte ihn ja in sein Studio, wo er ihn aufbewahrte. Natürlich war mir sehr schnell klar, wo sich die Scheide finden mußte, aber ich gab Hani die Gelegenheit, zu lügen.«

Wieder rief er nach Hani, der sofort erschien.

»Wo war die Scheide des Pharaonendolches?« fragte Vance.

»In Mr. Salveters Zimmer, Effendi, wie Sie ja genau wissen.«

»Und niemand, Hani, hat sich dieser Tür genähert?«

»Nein, Effendi, der Doktor ist noch in seinem Studio.«

Vance schickte ihn wieder weg und wandte sich an Markham.

»Siehst du, Bliss hat die Scheide in Salveters Zimmer deponiert und dann den Dolch in das Kopfbrett seines Bettes gestoßen. Dann rief er mich an, er sei von einem Unbekannten damit angefallen worden. Er war ein guter Schauspieler, doch er hat einen psychologischen Faktor übersehen. Wäre er tatsächlich das Opfer eines Mordanschlages gewesen, dann wäre er nicht im Dunkeln nach unten zum Telefonieren gegangen. Er hätte lieber das ganze Haus rebellisch gemacht.

Der Brief war der fehlende Faktor. Der Hieroglyphenbrief mußte doch heute auftauchen, denn es war die perfekte Gelegenheit. Das machte mir Sorgen.

Als der Doktor Scarlett im Museum arbeiten sah, stellte er die Sache mit dem Brief zurück, um ihn erst später zu benützen. Als ich dann die für Salveter aufgestellten Fallen umging, wußte ich, daß der Brief bald auftauchen mußte. Ich warnte also Scarlett, er solle sich dem Museum fernhalten, weil ich nicht wollte, daß er das Spiel von Bliss blockierte. Mehr konnte ich ja nicht tun.«

»Scarlett wäre besser deinem Rat gefolgt«, bemerkte Markham. »Meinst du, daß Scarlett die Wahrheit geahnt hat?«

»Zweifellos. Der Verdacht kam ihm schon sehr früh, wenn er sich dessen auch nicht ganz sicher sein konnte. Er wollte dem Doktor nicht unrecht tun, und da er Engländer ist, schwieg er. Er scheint sich aber große Sorgen gemacht zu haben, und deshalb ging er zu Bliss. Das mit dem Dolch war nämlich ein Fehler gewesen, und Scarlett war der einzige, der von dem Dolch wußte. Als ich ihn Scarlett zeigte, wußte er Bescheid.«

»Und dann kam er, um Bliss zur Rede zu stellen?«

»Genau. Ihm war klar, daß Bliss Salveter belasten wollte, doch er wollte Bliss beibringen, daß er seinen schändlichen Plan durchschaut habe. Er kam, um einen Unschuldigen zu beschützen, obwohl Salveter bei Meryt-Amen sein Rivale war ...

Ich schickte dann Salveter nach Boston und glaubte, alle Gefahren ausgeschaltet zu haben. Aber Scarlett nahm die Sache dann selbst in die Hände. Das war sehr tapfer und edel, aber unklug. Er gab damit Bliss nur die Gelegenheit, auf die dieser gewartet hatte. Als er den gefälschten Brief im Museum nicht holen konnte und als die Geschichte mit dem Dolch und der Dolchscheide schiefging, da mußte er sein As ausspielen — den gefälschten Brief.«

»Ja, das verstehe ich. Aber wie paßt Scarlett da hinein?«

»Als Scarlett am Abend kam, hörte sich Bliss dessen Anschuldigungen vermutlich sehr diplomatisch an und ging mit ihm unter irgendeinem Vorwand ins Museum. Als Scarlett nicht aufpaßte, schlug Bliss ihm wahrscheinlich mit einem der schweren Zeremonienstäbe über den Kopf und stopfte ihn in den Sarkophag. Seinen Wagen hatte er ja auf der Straße geparkt, und deshalb war es recht einfach für ihn, den Wagenheber zu holen.

Salveter war vermutlich um die Zeit oben, um sich von Mrs. Bliss zu verabschieden. Jedenfalls war er im Haus und konnte somit als Scarletts Mörder hingestellt werden. Deshalb wurde der gefälschte verräterische Brief ein wenig verknittert und in Scarletts Tasche gesteckt. Es sollte so aussehen, daß er Salveter zur Rede gestellt und den Brief erwähnt habe, den er in der Tischschublade fand und dann von Salveter getötet wurde. Salveter sollte nicht gewußt haben, daß Scarlett den Brief in der Tasche hatte.«

»Wie kann Bliss das über Salveters Originalbrief entdeckt haben?« fragte Heath.

»Das läßt sich leicht erklären. Gestern früh muß Salveter zum Museum zurückgekehrt sein, wie er ja auch sagte, und schrieb an diesem Brief, als Kyle kam. Er schob ihn in die Schublade und ging zum Metropolitan Museum. Bliss hatte ihn vielleicht durch einen Türspalt beobachtet und schaute später nach, was Salveter da versteckt hatte. Der unvorsichtige Brief gab ihm eine Idee ein. Er schrieb ihn in seinem Studio so um, daß er ordentlich belastend wirkte und zerriß das Original. Als ich erfuhr, daß der Originalbrief verschwunden war, machte ich mir Sorgen, weil zu vermuten war, daß Bliss ihn hatte. Dann fand ich das Original und setzte es zusammen, wußte aber gleichzeitig, daß auch der gefälschte Brief auftauchen mußte, der uns dann den Beweis gegen Bliss liefern sollte. Bei Hieroglyphen läßt sich ja kein handschriftlicher Beweis für eine Fälschung antreten, und so konnte sich Bliss auf seine Idee verlassen.

Selbst wenn der Brief nicht hundertprozentig Salveter in die Schuhe geschoben werden konnte, so war er doch belastend genug, um einen sehr deutlichen Schatten auf Salveter zu werfen, wenn er auch aus technischen Gründen nicht verurteilt worden wäre. Bliss wollte ja in erster Linie erreichen, daß Meryt-Amen glaubte, Salveter habe den Brief geschrieben.

Damit wäre aber Bliss' Plan gelungen gewesen. Kyle tot, Meryt-Amen im Besitz des reichen Erbes und Salveter abserviert — das war doch das, was Bliss wollte.«

»Wenn du aber Scarlett im Sarkophag nicht entdeckt hättest, dann hätte der Brief doch unendlich lange drinnenbleiben können. Wie sollte er dann schließlich doch noch gefunden werden?« fragte Markham.

»Scarlett wäre nur ein paar Tage im Sarkophag geblieben. Wenn man morgen sein Fehlen bemerkt hätte, wäre Bliss ja dagewesen, der die Leiche und damit den Brief hätte finden können.«

Nun sah er Markham fragend an. »Wie sollen wir Bliss mit dem Verbrechen in Verbindung bringen, da doch Salveter zur fraglichen Zeit im Haus war?«

»Falls Scarlett sich erholen würde...«

»Ja, falls. Die Chancen stehen nicht gut für ihn. Was dann? Scarlett könnte höchstens behaupten, Bliss habe ihn erfolglos angegriffen, aber damit wäre Kyles Tod noch immer nicht geklärt. Behauptete Bliss, Scarlett habe ihn angegriffen und er habe ihn in Notwehr niedergeschlagen, dann wäre es schwierig, ihn zu verurteilen, selbst für den Angriff.«

Nun stellte Heath eine recht interessante Frage: »Wie paßt dieser Ali Baba ins Bild, Mr. Vance?«

»Hani wußte von Anfang an, was passiert war. Er ist klug genug, ein Komplott zu durchschauen. Er liebte Salveter und Meryt-Amen, und er wollte sie beide glücklich sehen. Was sollte er anderes tun, als sie beschützen? Das hat er sicher getan, Sergeant. Aber es liegt nicht in seiner Natur, daß er mit uns offen darüber sprach. Hani spielte sehr gescheit, und er spielte das einzige Spiel, das ihm möglich war. Er selbst glaubte ja nie an die Rache der Sakhmet, er bediente sich dieses Aberglaubens nur, um die Wahrheit zu verdecken. Er kämpfte mit Worten um Salveters Sicherheit.«

»Aber die ganze Geschichte ist unglaublich!« stellte Markham fest. »Ein Mörder wie Bliss ist mir noch nie untergekommen.«

»Oh, ganz so ist es auch wieder nicht. Er hat in mancher Beziehung zu plump übertrieben. Darin lag seine Schwäche.«

»Wenn du nicht eingegriffen hättest, wäre von mir aus eine Anklage wegen Mordes selbstverständlich gewesen.«

»Damit hättest du ihm in die Hände gespielt. Weil ich das nicht wollte, stellte ich seine Schuld in Abrede.«

»Ein doppelt beschriebenes Blatt«, bemerkte Markham.

»Ja, genau. Erst kam die wahre Verbrechensgeschichte, die sorgfältig angegeben war. Die wurde ausradiert und dafür eine neue geschrieben, in der Salveter der Schurke war. Aber auch die wurde wieder getilgt, und die Originalgeschichte, grotesk überzogen und mit allerlei Schnörkeln geschmückt, wurde wieder niedergeschrieben. Wir sollten die dritte Version lesen, ein wenig skeptisch werden und dann Reste der zweiten Geschichte mit Salveters Schuld zwischen den Zeilen finden. Meine Aufgabe war es, zur ersten und Originalgeschichte, der zweimal überarbeiteten Wahrheit, vorzustoßen.«

»Und das ist Ihnen gelungen, Mr. Vance.« Der Sergeant war aufgestanden und zur Tür gegangen. »Der Doktor ist in seinem Arbeitszimmer, Chef. Ich bringe ihn selbst ins Präsidium.«

22

Samstag, 14. Juli, 11 Uhr nachts

»Nicht so hastig, Sergeant!« rief Vance. Heath blieb sofort stehen. »Ich würde, ehe ich Dr. Bliss verhafte, erst einmal Mr. Markhams Rat einholen.«

»Ah, verdammter Rat!«

»Im Prinzip gebe ich Ihnen recht, aber wir wollen da lieber nicht voreilig sein. Vorsicht ist immer gut.«

Markham, der neben Vance stand, forderte Heath auf, sich wieder zu setzen. »Mit einer Theorie können wir keine Verhaftung vornehmen«, sagte er. »Diese Sache muß ordentlich durchdacht werden. Wir haben keine Beweise gegen Bliss. Vielleicht könnten wir ihn eine Stunde festhalten, und dann würde ihn aber ein gerissener Anwalt wieder herausholen.«

»Und das weiß Bliss«, fügte Vance hinzu.

»Aber er hat doch Kyle ermordet!« rief Heath.

»Natürlich.« Markham setzte sich an den Tisch. »Aber ich habe nichts, was ich der großen Jury bieten könnte. Selbst wenn Scarlett sich erholt, so habe ich auch nur eine Anklage auf Körperverletzung gegen Bliss — genau wie Vance sagte.«

»Was mich so maßlos ärgert, ist die Tatsache, daß ein Kerl praktisch unter unseren Augen einen ermorden kann und damit wegkommt«, klagte Heath. »Das ist doch unglaublich.«

»In einer so fantastischen und ironischen Welt wie der unseren herrscht nicht viel Vernunft«, antwortete ihm Vance.

»Trotzdem würde ich den Kerl verhaften und dann dafür sorgen, daß meine Anklage maßgeschneidert wird.«

»Mir geht es ähnlich«, gab Markham zu. »Aber wir müssen stichhaltige Beweise vorlegen, wenn wir mit unserer Anklage durchkommen wollen, egal wie sehr wir selbst davon überzeugt sind. Und dieser Verbrecher hat alle Beweise so gerissen verschleiert, daß ihn vermutlich jede Jury freisprechen würde, falls wir ihn überhaupt bis zum Prozeß brächten, was ich bezweifle.«

Vance seufzte und stand auf. »Das Gesetz!«, spottete er. »Und das Gericht! Du lieber Himmel und gütige Tanten! Gerechtigkeit? Die alten Römer hatten schon einen Spruch: *Ruf das Gericht an — das Ergebnis ist Ungerechtigkeit*. Hier sind wir drei — ein Distriktsanwalt, ein Sergeant vom Morddezernat und ein Liebhaber klassischer Musik; wir wissen, daß wir einen Mörder in nächster Nähe haben und sind hilflos! Warum? Weil diese Kongregation von Dummköpfen, die sich DAS GESETZ nennt, nicht dafür gesorgt hat, daß ein gefährlicher und verachtenswerter Verbrecher unschädlich gemacht werden kann. Er hat seinen Wohltäter kaltblütig ermordet, hat einen anderen anständigen und ehrlichen Mann zu ermorden versucht und dann alles getan, um einem Unschuldigen beide Verbrechen in die Schuhe zu schieben — und er kann dann fortfahren, uralte und verehrungswürdige Leichen auszugraben! Kein Wunder, daß Hani ihn verachtet. Im Herzen ist Bliss ein grausiges Gespenst, ein Unhold, und Hani ist ein ehrenwerter und intelligenter Mann.«

»Zugegeben, das Gesetz ist unvollkommen«, bestätigte Markham widerstrebend, »aber deine Überlegungen nützen uns nichts. Wir müssen versuchen, mit einem schrecklichen Problem fertig zu werden.«

»Dein Gesetz wird dieses Problem nie lösen«, stellte Vance fest. »Bliss kann so nicht verurteilt werden. Du wagst es ja nicht einmal, ihn zu verhaften. Wenn du's versuchst, macht er dich nur lächerlich. Er würde dagegen als Held glänzen, den eine unfähige, engstirnige Polizei in einem Augenblick der Verzweiflung wie einen räudigen Hund gejagt hat.

Mein lieber Markham, ich glaube, die Götter des alten Ägypten waren klüger als neue Gesetzgeber. Hani operierte mit der Rache der Sakhmet, wenn auch die Dame mit der Sonnenscheibe genauso unfähig wäre wie eure verdammten Statuen. Mythologie ist größtenteils Unsinn. Aber in unseren heutigen Gesetzen gibt es genug Absurditäten und ebensoviel Unsinn.«

»Hör endlich auf damit«, knurrte Markham gereizt.

»Dir sind vom System die Hände gebunden. Das Ergebnis ist, daß eine so verachtenswerte Kreatur wie Bliss frei herumläuft; ein harmloser Knabe wie Salveter kommt dagegen in Verdacht und wird ruiniert. Und Meryt-Amen, eine mutige Dame...«

»Das weiß ich doch alles auch«, knurrte Markham und stand auf. »Trotzdem haben wir nicht den geringsten Beweis gegen Bliss.«

»Sehr traurig, finde ich. Unsere einzige Hoffnung kann nur die sein, daß der tüchtige Doktor einem plötzlichen Unfall erliegt. Solche Dinge passieren ja ...

Ah, hätten Hanis Götter doch wirklich übernatürliche Kräfte! Aber Anubis war in dieser Sache verteufelt faul. Als Gott der Unterwelt ...«

»Das reicht jetzt!« schnitt ihm Markham das Wort ab. »Ich verstehe, daß du es herrlich findest, als Ästhet zu leben und keine Verantwortung zu haben, aber die Welt dreht sich ja schließlich weiter.«

»Selbstverständlich. Aber man könnte die überholten Vorschriften und Gesetze über die Beweise ändern. Allerdings würden die Gesetzesmacher so lange darüber reden, bis wir – du, Markham, Sie, Sergeant und ich – für immer den schmalen Korridor der Zeit hinter uns haben.«

»Was hast du mit diesen Redensarten vor?« brummte Markham gereizt. »Damit willst du doch etwas erreichen, oder?«

»Markham«, antwortete Vance langsam und nachdrücklich, »du weißt ebensogut wie ich, daß Bliss außerhalb des Gesetzes steht, daß es aber keine menschliche Möglichkeit gibt, ihn zu verurteilen. Nur mit einem Trick könnte man das erreichen.«

»Trick?«

»Oh, nichts Verwerfliches!« Er wiederholte noch einmal die kritischen Punkte der Geschichte, doch ich wußte ebensowenig wie Markham, worauf er abzielte.

Nach zehn Minuten ließ sich Markham nicht mehr besänftigen. »Komm doch endlich zur Sache, Vance. Was willst du überhaupt? Hast du einen Vorschlag?«

»Ja, den habe ich. Es ist ein psychologisches Experiment, und es ist durchaus möglich, daß es sich als wirksam erweist. Ich glaube, wenn wir Bliss unvermittelt mit dem konfrontieren, was wir wissen und wenn wir ein bißchen geschickt einigen Druck auf ihn ausüben, dann bekämst du wahrscheinlich eine Handhabe gegen ihn. Er weiß ja nicht, daß wir Scarlett im Sarkophag gefunden haben, und wir könnten behaupten, wir hätten eine sehr schwerwiegende Aussage von ihm vorliegen. Wir können sogar so weit gehen, zu behaupten, Mrs. Bliss sei von der Wahrheit dieser Aussage überzeugt.

Wenn er nämlich glauben muß, daß sein Komplott fehlgeschlagen ist, so daß keine Hoffnung besteht, seine Ausgrabungen fortsetzen zu können, dann gesteht er vielleicht alles. Bliss ist ein schrecklicher Egoist. Es ist möglich, daß er mit der Wahrheit herausplatzt und sich auch noch seiner Gerissenheit rühmt.

Und du mußt zugeben, daß deine einzige Chance, den alten Gauner und Betrüger seiner gerechten Strafe zuzuführen, in einem Geständnis liegt.«

»Chef, könnten wir den Kerl nicht aufgrund der Beweise verhaften, die er selbst gegen sich konstruiert hat?« schlug Heath vor.

»Nein, nein, Sergeant.« Markham wurde immer ungeduldiger. »Er hat sich doch in jedem Punkt rückversichert. Er würde dann nur den unschuldigen Salveter ruinieren und Mrs. Bliss unglücklich machen.«

Heath kapitulierte. »Ja, das sehe ich ein«, gab er zu. »Ich hab' ja schon allerhand gerissene Ganoven gesehen, aber dieser komische Vogel Bliss schlägt alle. Warum wollen Sie den Rat von Mr. Vance nicht annehmen?«

Markham marschierte noch eine Weile auf und ab. »Wir werden es wohl müssen.« Er schaute Vance an. »Aber faß ihn nicht mit Samthandschuhen an.«

»Aber weißt du! Saffian, Ziegenleder bei gewissen Gelegenheiten, im Winter Schweinsleder und Ren — aber Samt! Du meine Güte!« Er ging zur Falttür und schob sie auf. Hani stand mit vor der Brust gekreuzten Armen da, ein schweigender, aufmerksamer Wächter.

»Hat der Doktor sein Studio verlassen?« fragte Vance.

»Nein, Effendi.«

»Gut. Komm, Markham. Schauen wir mal, was wir ein bißchen am Rand der Legalität tun können.«

Wir folgten ihm zum Studio. Vance klopfte nicht, sondern riß ziemlich unzeremoniös die Tür auf.

»Ah! Da fehlt ja etwas!« rief er. »Komisch.« Das Studio war leer. Vance öffnete die Tür zum Museum. »Wird er wohl bei seinen Schätzen sein.«

Vance ging bis zum Fuß der Treppe und legte dann die Hand an die Stirn. »Ich fürchte, wir werden Bliss in dieser Welt nicht mehr interviewen«, sagte er leise.

Er brauchte nichts zu erklären. In der Ecke gegenüber, fast an der gleichen Stelle, wo wir Kyles Leiche gefunden hatten, lag Bliss ausgestreckt in einer Blutlache. Quer über seinem eingeschlagenen Schädel lag die schwere, lebensgroße Statue des Anubis. Vermutlich hatte er sich an den Schrank gelehnt, um seine neuen Schätze besser bewundern zu können, und da mußte der Gott der Unterwelt ihm in den Rücken gefallen sein. Das war ein so erstaunlicher Zufall, daß wir eine ganze Weile schwiegen.

Markham brach dann das Schweigen.

»Unglaublich! Das ist eine göttliche Vergeltung!«

»Oh, zweifellos.« Vance ging zum Fuß der Statue und beugte sich darüber. »Ich selbst glaube ja nicht sehr an mystische Dinge.« Er klemmte sich das Monokel ins Auge. »Ah! Es tut mir leid, dich enttäuschen zu müssen und so, Markham. Am Abscheiden des Doktors ist nichts Übernatürliches. Paß auf und schau dir die gebrochenen Knöchel des Anubis an. Es ist doch ganz klar. Der Doktor beugte sich über seine Schätze, stieß an die Statue, und die fiel auf ihn.«

Der schwere Unterbau der Statue stand nämlich noch dort, wo er vorher gestanden hatte, aber die Figur war an den Knöcheln abgebrochen.

»Seht ihr«, sagte Vance und deutete dorthin, »die Knöchel waren sehr schlank, und die Statue besteht aus Kalkstein, der nicht sehr stabil ist. Vermutlich wurden die Knöchel beim Transport angeknackst, und das enorme Gewicht hat dann den Rest getan.«

Heath untersuchte die Statue genau. »Ja, das stimmt wohl, Chef, viele Glückszufälle habe ich noch nicht erlebt, aber der hier ist bei weitem der schönste. Mr. Vance, Sie hätten vielleicht ein Geständnis aus ihm rausgeholt, aber jetzt brauchen wir uns keine Sorgen mehr zu machen.«

»Stimmt«, bestätigte Markham. Die abrupte Veränderung der Situation machte ihm noch zu schaffen. »Sergeant, tun Sie, was zu tun ist. Rufen Sie die Ambulanz an und den Polizeiarzt. Wenn Sie mit der Routine durch sind, rufen Sie mich zu Hause an. Ich kümmere mich morgen um die Reporter. Ah, Gott sei Dank, der Fall ist kein Problem mehr.«

Ich wußte, welch ein Gewicht ihm durch Bliss' unvorhergesehenen Tod von der Seele genommen war.

»Jawohl, Sir, ich werde alles erledigen«, versicherte ihm Heath. »Wie sollen wir's aber Mrs. Bliss beibringen?«

»Das wird Hani tun«, schlug Vance vor. »Komm, mein Freund, du brauchst deinen Schlaf. Wir trotten jetzt zu mir und genehmigen uns einen Drink. Ich habe noch einen erstklassigen Cognac dastehen.«

Markham seufzte.

In der Halle winkte Vance Hani zu sich. »Ihr verehrter Brötchengeber hat sich zu Amentet begeben, um die Schatten der Pharaos zu teilen«, sagte er ihm.

»Er ist tot?« Der Ägypter hob fast unmerklich die Brauen.

»Oh, ziemlich tot, Hani. Anubis stürzte sich auf ihn, als er sich an den letzten Schrank lehnte. Ein sehr wirkungsvoller Tod. Aber gerecht. Dr. Bliss hat nämlich Mr. Kyle ermordet.«

»Effendi, Sie und ich, wir beide wußten es ja von Anfang an.« Der Mann lächelte Vance verschmitzt an. »Ich fürchte allerdings, Dr. Bliss' Tod könnte meine Schuld sein. Als ich nämlich die Statue des Anubis auspackte und in die Ecke stellte, bemerkte ich, daß die Knöchel angebrochen waren. Ich sagte nichts davon, weil Dr. Bliss wahrscheinlich nur mir Vorwürfe gemacht hätte, ich sei schlampig damit umgegangen.«

»Keiner macht Ihnen einen Vorwurf für Dr. Bliss' Tod«, versicherte ihm Vance gleichmütig. »Wir überlassen es Ihnen, Mrs.

Bliss von dem Unglück zu verständigen. Mr. Salveter wird morgen früh zurückkommen. *Es-salâmu alei-kum.*«

»*Ma es-salâm, effendi.*«

Zu dritt gingen wir in die schwüle Nacht hinaus. »Wir wollen das Stück zu Fuß gehen«, schlug Vance vor. »Es ist nicht weit, und wir brauchen etwas Bewegung.«

Es dauerte eine ganze Weile, bis Markham das Schweigen brach.

»Es ist doch fast unglaublich, Vance. Man könnte direkt abergläubisch werden. Da standen wir vor einem unlösbaren Problem. Wir wußten, daß Bliss schuldig war, konnten ihn aber mit nichts fassen. Und während wir noch debattieren, geht er ins Museum und wird praktisch an derselben Stelle von einer Statue erschlagen, an der er Kyle ermordet hat. Oh, verdammt. In einer ordentlichen Welt kann so etwas doch nicht vorkommen. Und noch fantastischer war dein Vorschlag, es möge ihm doch ein Unfall zustoßen.«

»Ja, ein sehr merkwürdiges Zusammentreffen.« Vance schien nicht sehr geneigt zu sein, über dieses Thema weiter zu sprechen.

»Und der Ägypter war gar nicht erstaunt, als du ihm das von Bliss' Tod sagtest. Er schien eine solche Nachricht fast erwartet zu haben.«

Plötzlich blieb er stehen. Vance und ich hielten ebenfalls an und warteten.

»Hani hat Bliss getötet!«

Vance seufzte und zuckte die Achseln. »Natürlich hat er das getan, Markham. Ich dachte, du hättest die Situation verstanden.«

»Verstanden? Was meinst du damit?«

»Es war doch alles so klar«, erklärte Vance milde. »Wir wußten doch beide, daß wir keine Chance hatten, Bliss zu überführen, und deshalb schlug ich Hani vor, wie er diese ganze blöde Geschichte aus der Welt schaffen könnte.«

»Wie und wann hast du denn das gemacht?«

»Während unserer Unterhaltung im Salon. Wirklich, Markham, wenn ich keinen besonderen Grund habe, walze ich das Thema Mythologie nicht aus. Ich ließ Hani ganz einfach wissen, daß es keine gesetzliche Möglichkeit gebe, Bliss der Gerechtigkeit auszuliefern und schlug ihm vor, wie man diese Schwierigkeit überwinden könne, so daß dir eine recht unbequeme Last von den Schultern genommen wird...«

»Aber die Tür war doch geschlossen, und Hani stand draußen in der Halle.«

»Richtig. Aber ich wußte, daß er lauschen würde.«

»Dann hast du also absichtlich...«

»Sicher. Absichtlich. Während ich allerhand Unsinn schwatzte, redete ich in Wirklichkeit mit Hani. Ich wußte natürlich nicht, ob er mich genau verstehen würde, aber das tat er dann. Ich hoffe, er hat den gleichen Stab genommen, mit dem Bliss Mr. Kyle ermordet hatte. Dann zog er die Leiche zu Füßen des Anubis. Mit dem Zeremonienstab brach er dann die steinernen Knöchel der Statue und ließ die Figur über Bliss' Kopf fallen. So einfach war das.«

»Und dein weitschweifiges Gerede...«

»... diente nur dazu, dich und Heath festzuhalten, falls Hani sich zum Handeln entschlossen hatte.«

Markham kniff die Augen zusammen. »Mit solchen Geschichten kommst du nicht durch, Vance. Ich werde Hani wegen Mordes anklagen. Es wird Fingerabdrücke...«

»Nein, Markham. Keine Fingerabdrücke. Hani ist doch kein Narr. Am Hutständer hängen Handschuhe, und die hat er übergezogen, ehe er zu Dr. Bliss ins Studio ging. Es würde dir bei ihm noch viel schwerer fallen als bei Bliss, ihm etwas nachzuweisen. Ich bewundere Hani. Ein fantastischer Bursche!«

»Das ist ja... das ist ja... ungeheuerlich!« keuchte Markham.

»Natürlich.« Vance war ganz Liebenswürdigkeit. »Auch der Mord an Kyle war ungeheuerlich. Ach, weißt du, ihr vom Gesetz seid so eifersüchtig und blutrünstig. Du wolltest Bliss persönlich auf den elektrischen Stuhl schicken, und das konntest du nicht. Und jetzt bist du enttäuscht, weil Hani alles vereinfacht hat. Es ist doch dein Nutzen. Und du bist enttäuscht, weil jemand Bliss getötet hat, ehe du es tun konntest. Markham, du bist ein entsetzlicher Egoist.«

Ein kleines Nachwort, meine ich, kann nicht schaden.

Markham hatte keine Schwierigkeit, die Presse davon zu überzeugen, daß Bliss Benjamin H. Kyle ermordet hatte und daß sein tragischer Unfalltod eigentlich dem entsprach, was man göttliche Gerechtigkeit nennt.

Scarlett erholte sich trotz der Prophezeiung des Arztes. Es dauerte aber noch viele Wochen, bis er vernünftig reden konnte. Zusammen mit Vance besuchte ich ihn gegen Ende August im Krankenhaus, und er bestätigte Vances Theorie über die Ereignisse der fatalen Nacht im Museum in allen Einzelheiten. Im September reiste Scarlett dann nach England, weil sein Vater gestorben war, der ihm einen recht ordentlichen Besitz in Bedfordshire hinterließ.

Mrs. Bliss und Salveter heirateten im folgenden Frühjahr. Die Ausgrabungen am Grab von Intep gehen weiter. Salveter leitet die Arbeit, und ich freue mich darüber, daß Scarlett der technische Fachmann der Expedition ist.

Hani hat sich, wie ich einem kürzlichen Brief von Salveter an Vance entnehmen konnte, mit der Entheiligung der Gräber seiner Vorfahren abgefunden. Er ist noch immer bei Meryt-Amen und Salveter, und ich neige zu der Ansicht, daß seine Liebe zu diesen beiden jungen Leuten größer ist als seine nationalen Vorurteile.